【ギルド】

雇用する組織。

ジョン攻略や、攻略に役

最初にダンジョ

ジョンの資源を独占する権利を得る。

【鑑定士】

他者のスキルやステータスを鑑定するスキルを所持する者が就く職業。鑑定スキルの中には、現在の能力だけではなく、成長限界をも見定めるスキルも存在し――?

瀬戸夏樹

ILLUSTRATION
ふーろ

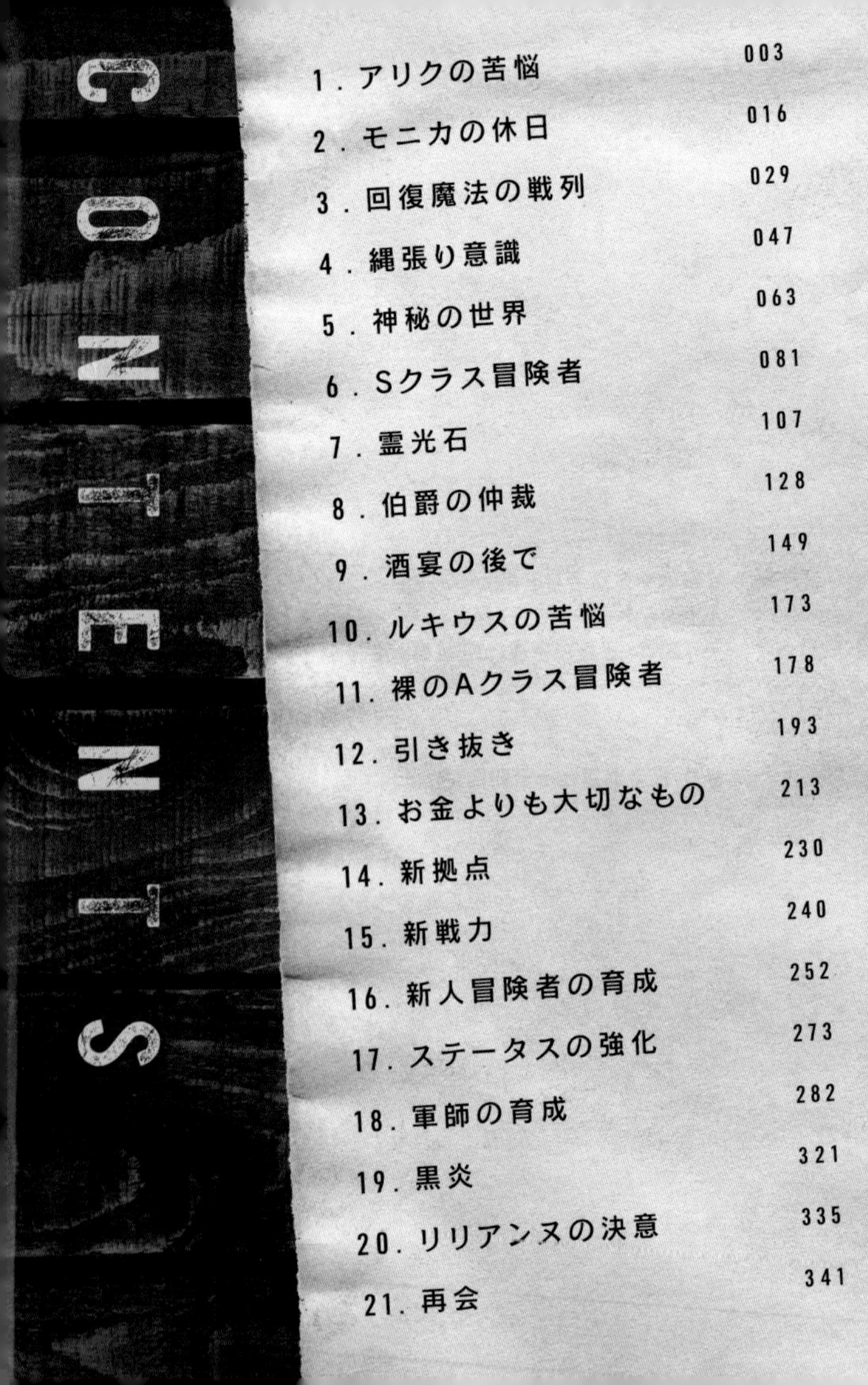

CONTENTS

モニカ
「見えた。
『一撃必殺』の光点――」

「ね、先生？
ちょっとくらい頑張ったご褒美を
くれてもいいじゃないですか」
リリアンヌ

追放されたS級鑑定士は最強のギルドを創る 2

瀬戸夏樹

イラスト／ふーろ

アリクの苦悩

弓使い（アーチャー）モニカ、支援魔導師シャクマ、治癒師（ヒーラー）ユフィネを育成するべく『森のダンジョン』に潜り込んだロラン達（たち）は、幾多もの障害を乗り越え、嵐を纏う怪鳥（ストームバード）を討ち果たした。

ロランは賭けに勝ったのだ。

コーター3兄弟は嵐を纏う怪鳥（ストームバード）が粉々に砕けたのを見て呆然（ぼうぜん）としていた。

自分達の今しがた目撃したものを信じることができなかった。

「バカな。Aクラスの弓使い（アーチャー）がいるなんて。そんなの聞いてないぞ……」

「どうすんだよ。こんなことギルド長にとてもじゃないけど報告できない……」

「どうするったって。そんなの……」

彼らは突然訪れた不測の事態に、ただただオロオロとするばかり。

モニカは自分の放った矢が嵐を纏う怪鳥（ストームバード）を討ち果たしたのを見てその場にペタリと座り込んでしまった。

先ほどまでの悲壮感と緊張感が取り払われ、どっと疲れが押し寄せてくる。

彼女がそうしているとキラキラと光るものが膝の上に落ちてくる。

嵐を纏う怪鳥(ストームバード)の羽がひと束になってまとまったものだった。

モニカは嵐を纏う怪鳥(ストームバード)の羽束を手のひらに包み込んで胸元に抱き寄せる。

(よかった。これでまだ部隊にいられる)

ロランは支援魔導師のシャクマにアイテムの回収を、治癒師(ヒーラー)のユフィネに部隊の損害を確認するよう指示してから、モニカの下に駆け寄った。

「モニカ、大丈夫かい?」

「ロランさん。――はい、私は大丈夫です」

モニカはようやくロランの自分にかける声が、以前のように優しくなったことにホッとした。

「そうか。とにかくよくやった。これで君もAクラスの弓使い(アーチャー)だ」

「あ、そっか。嵐を纏う怪鳥(ストームバード)はAクラスのクエストでしたね」

「でしたねって。忘れてたのかい?」

「はい。とにかく部隊に残りたくて。ロランさんの下にいたくて。それだけで精一杯だったので」

「君は……。まあ何にしてもよかった。クエスト達成おめでとう」

「はい」

「大丈夫か? 少し休むかい?」

ロランはいつまでも座り込んでいるモニカを見て、心配そうに声をかけた。

「いえっ。大丈夫です」

モニカはそう言うやいなやすぐに立ち上がった。

（せっかくロランさんに評価してもらえたのに。ここでだらしなくして、また心証を悪くしては元も子もないわ）

「よし。それじゃポーションを飲んで。すぐに走るよ」

「ロランさん、戦果の回収終わりました。『嵐を纏う怪鳥（ストームバード）』の巣から質のいい銀鉱石が10個も手に入りましたよ」

「ロランさん。部隊の損害状況ですが……」

シャクマとユフィネが駆け寄ってきて報告する。

「よし。全員、『アースクラフト』とポーションの使用を許可する。装備と体力を回復後、走るぞ」

ロランの部隊は『アースクラフト』で装備を修復したり、ポーションを飲んだりして回復した後、全速力でその場を離脱した。

コーター3兄弟は慌ただしく今後のことについて協議することを迫られた。

「おいっ。どうすんだよ」

「どうするったって……」

「どうするも何もない。ギルド長の命令はあいつらのクラスアップを妨害することだ。弓使い(アーチャー)の奴(やつ)はAクラスになっちまったが、支援魔導師と治癒師(ヒーラー)についてはまだ間に合う。あいつらだけでも阻止するぞ」

3兄弟の部隊は嵐を纏う怪鳥(ストームバード)によってボロボロにされた部隊をどうにかこうにかまとめ、体力の回復すらままならないまま、ロラン達を追尾するのであった。

ロラン達が嵐を纏う怪鳥(ストームバード)を討伐した頃、『金色の鷹(たか)』ではダンジョンから帰還した主力部隊の隊長達によって再度攻略会議が開かれていた。

『金色の鷹』主力部隊の隊長達には、ダンジョンが現れてから2週間以内に10階層まで到達するのがノルマとして課されていた。

隊長達は今回も首尾よく10階層まで2週間以内に到達したが、そこからは以前とは比べ物にならないくらいモンスターが多様になり、強度も上がるため、より強力で適切な編成を必要とする。

そこで大組織特有の予算と人員の奪い合いが起こった。

それぞれの隊長は馬鹿正直に必要な予算を申告しても、十中八九その通りに通らないことを知っていたため、過剰に必要分を申告した。

全ての部隊長の要求を飲んでいてはギルドのキャパシティを超えてしまうため、やむなくルキウスは攻略会議を招集した。

部隊間の要望を調整するためにダンジョン攻略会議を開くのは、『金色の鷹』では一種の恒例行事となっていた。

そして会議で揉めて、拗れるのもまた恒例行事となっていた。

会議では互いに自分達の部隊の直面している困難がいかに他の部隊よりも大きいものか、またそれに対して自分達の部隊が他の部隊よりもいかに努力し犠牲を払っているか、そしてさらには自分達の部隊がいかに補給や配備の観点から他の部隊に比べて不遇をかこっているか、これらを大げさに主張し合うことになった。

まずはジルとドーウィンの配置について争い合った。

この2人は未だBクラス冒険者とはいえ、非常に使い勝手が良いため、どの部隊も欲しがった。

その後、他のBクラス冒険者の配備、装備の分配、アイテムの分配、予算の分配といった風に順次決められていき、ようやく会議が終わったかと思いきや、とある部隊長が「それならジルとドーウィンの配置をうちに譲ってくれ」と言い始めて、またそれまでの議論を振り出しに戻してしまうのであった。

さらには過去の事例まで引っ張り出して、以前はどの部隊が優遇されたとか、以前は自分の部隊が便宜を図ってやったとか、貸し借りの押し付け合いまでして、裁定が決まりそうになればひっくり返し、あれが決まればこれが覆り、これが決まればどれが覆りといったことが繰り返された。

アリクは苦々しい顔をしながら会議に参加していた。

彼はこのように嘘(うそ)をついてまで大げさに自分の苦境を訴えたり、被害者ぶったりするようなことを言ったり、といった行為が非常に苦手だった。

（全く。こいつらは毎度毎度よくもまあこれだけ時間を無駄にできるものだな。少しはお互いに協力し合おうと思わないのか。そうすればこんな無駄な会議をしなくても済むっていうのに）

とはいえ彼とて予算と人員を回してもらわないとダンジョンの攻略に差し支えるし、ひいてはギルド内での立場、冒険者クラスの査定にまで関わるので無駄な会議と分かりつつも本気で挑まなければならなかった。

（しかしどうにかならないものか……。ん？　待てよ）

アリクに名案が閃(ひらめ)いた。

「そうだ。みんな、こういうのはどうだろう。鑑定士ロランの力を借りるというのは」

アリクの奇妙な提案に、会議に参加している者達は、一様に不可解そうな顔をした。

アリクはルキウスの眉が一瞬不愉快そうにピクリと動いたことに気づかなかった。

「鑑定士ロラン？　なんでまたそんなことを……」

部隊長のセバスタが言った。

「彼ならその冒険者の現在のスキルやステータス、さらには潜在能力まで見抜いて、どのクエストに誰を当てるか、適切な配置ができるはずだ。この会議の趣旨にピッタリだと思わないか？」

アリクのさも名案を思いついたと言わんばかりの様子にディアンナは悩ましげにおでこを押さえながら、ため息をついた。

「アリク。鑑定士ロランはもう『金色の鷹』にいないわ」

「なんだって!?」

アリクはショックを受けたように言った。

「ロランが……いない？　そんな……。一体なぜ？」

「彼は成績不振を理由にこのギルドを追放されたの」

「成績不振!?　ロランが？　バカな。彼は街に２人といない優秀な鑑定士だったはず。一体どうして……」

「さあね。とにかく追放前のロランの成績は酷いものだったわ。何か故あってわざと『金色の鷹』の足を引っ張っていたのかもしれないわね」

「そう……か。そんなことが。いや、それは何というか……残念だ」

アリクは呆然として言った。

彼は魔導師として壁に当たっていた時、ロランにアドバイスをもらった過去があった。

ロランがいなくともやがてはAクラス冒険者になっていた自信はあるが、それでも今よりずっと出世は遅くなっていただろう。

そういうわけで、アリクはロランに感謝していたし、ロランのことを評価してもいた。

「なぁに。鑑定士の1人や2人いなくなったところで何の問題がある。鑑定士に頼らなければならない冒険者など所詮は二流よ。どこぞの貧弱な魔導師の部隊と違い、我がセバスタ隊に鑑定士の力など必要ない！」

セバスタは、アリクにマウントを取るべくそう言った。

実際のところは彼もロランの指導の恩恵に預かっていたし、むしろアリクよりもはるかに世話になっていた。

Aクラス冒険者になることができたのはほとんどロランのおかげと言っても過言ではない。

しかし彼は現在の地位まで辿り着けたのは全て自分の実力だとすっかり思い込んでいた。

とはいえ彼のこの発言はルキウスを満足させた。

「うむ。セバスタの言う通りだ。アリク。お前も『金色の鷹』に属するAクラス冒険者ならば、鑑定士に頼るなどという軟弱な発想はやめるのだな。一流の人間は誰にどうこう言われるまでもなく自分の能力くらい自分で把握できるものだ。それとも何かね？　君は鑑定士の力がないとダンジョン攻略の1つもままならないとでも言いたいのかね？」

「……っ。別に俺はそんなことを言っているわけじゃ……、ただBクラスの弓使い（アーチャー）と支援魔導師、治癒師（ヒーラー）が不足しているから、新たに育てなきゃいけないし……。そもそも人員の不足はお前がBクラスの弓使い（アーチャー）や支援魔導師を主力部隊から外しているからじゃないか。彼らを動員しなければならない特別な任務というのはいつ終わるんだ」

「……特別任務についてはお前に教える必要はないし、お前が口出しすることでもない。お前はダンジョンを攻略することだけ考えていればいい」

「そんなこと言ったって……いや何でもない。お前の言う通りだ。会議を続けよう」

アリクは言いかけた言葉を飲み込んで、喉の奥にしまい込んだ。

これ以上言い訳を重ねても自分の立場を悪くするだけだと悟ったためだ。

結局、会議はセバスタ優位のまま終わった。

部隊の配置や予算、アイテムの分配はセバスタの要望が優遇され、アリクの要望は後回しになるよう、ルキウスによって手心が加えられた。

『金色の鷹』で攻略会議が開かれている頃、ロラン達（たち）は10階層に到達しつつあった。

9階層の聖域に転移魔法陣を発動させて次の階層への扉を開く。

転移魔法陣は普段のものとは明らかに違う複雑な紋様を示していた。

その紋様は、この先に休憩地点（セーブポイント）と階層の守護者（ガーディアン）がいることを示していた。

（やはり、10階層には今回も階層の守護者（ガーディアン）が待ち受けているか）

ダンジョンの10階層にある休憩地点（セーブポイント）で守護者（ガーディアン）が冒険者を待ち構えているのは、最近現れるダンジョンにおいては恒例のことだった。

例えここまでは運良くモンスターに遭遇せず辿り着けたとしても、10階層では避けられない強敵との戦いが待っている。

この10階層を越えられるかどうかが、通常Bクラスになれるかどうかの分岐点と言われていた。

「よし。みんな。これから階層の守護者（ガーディアン）との戦いになる。気を引き締めていくぞ」

ロランがそう言うとモニカ、シャクマ、ユフィネの3人は自信なさげに俯（うつむ）いた。

「？　どうした？」

「いやぁ。我々いつもここまではどうにかこうにか辿り着くことができるんですよ。でもここから先の守護者（ガーディアン）はどうしても倒すことができなくて」

シャクマが照れ臭そうに話し始めた。

「部隊も消耗していますし、まずは私とシャクマがCクラスのクエストを攻略してからの方が良いのでは？」

普段は感情を表に出さないユフィネも不安な気持ちを表に出しながら進言した。

ロランは笑ってしまった。

Aクラスの弓使い(アーチャー)、Bクラスのスキルを持つ支援魔導師と治癒師(ヒーラー)が揃(そろ)って10階層の守護者(ガーディアン)如(ごと)きに恐れを抱くとは。

白兵戦部隊もダンジョンに潜った時とは比べ物にならないくらい強力になっている。

ロランからすれば負ける要素など何一つとしてない。

負の経験からくるコンプレックスとは恐ろしいものだな、と改めてロランは思った。

「大丈夫だよ。心配しなくても今の君達なら10階層の守護者(ガーディアン)くらい余裕で倒せる」

3人はキョトンとした。

「さ、論より証拠だ。行ってみよう」

部隊の者達は指揮官の自信に戸惑いながらも、背中を押されるようにして10階層へと続く魔法陣の中へと潜って行った。

遅ればせながらこの場所に辿り着いたコーター3兄弟は、ロランの部隊が10階層に向かうのを見て仰天した。

「な、バカな。上からの報告ではあいつらは10階層に行けないはずじゃあ……！」

「バカ。今のあいつらにはAクラスの弓使い(アーチャー)が付いているんだぞ。10階層に行くくらい何でもないよ」

コーター3兄弟はやきもきしながらロラン達の部隊が守護者(ガーディアン)に挑戦するのを見届けなけ

ればならなかった。

10階層の広く長い回廊でロラン達を待ち受けていたのは戦象（バトル・エレファント）だった。

槍（やり）のように尖（とが）った象牙、怪力を発揮する長鼻、そして何トンにも及ぶ巨体。

それらに鎧（よろい）と武具で纏（まと）って、長い回廊の奥から十分な助走をつけて、部隊に襲いかかってくる。

後ろには鎧をつけた狼（アーマードウルフ）や鎧をつけた大鬼（アーマードオーク）らが控えている。

しかし、モニカは一撃で戦象（バトル・エレファント）を仕留めた。

彼女の放った矢は戦象（バトル・エレファント）の纏う重厚な鎧を易々（やすやす）と貫通して、急所を撃ち抜く。

戦象（バトル・エレファント）の巨体とその装備は部隊に触れることもできずに回廊の真ん中で倒れた。

その後は勝手知ったる部隊戦だった。

シャクマの支援魔法の下、白兵戦部隊が戦い慣れた鎧をつけた狼（アーマードウルフ）や鎧をつけた大鬼（アーマードオーク）を1匹ずつ倒して行く。

モニカも戦象（バトル・エレファント）の上に乗って高所からモンスターに矢を浴びせた。

モンスター達は最後の力を振り絞って突撃したが、結局ロラン達の盾隊を破ることはできず敗退した。

3人は戦闘の呆気（あっけ）なさに拍子抜けした。

「どうしたことでしょう。今回は随分手応えのない階層の守護者（ガーディアン）でしたね」

シャクマが釈然としない表情で言った。

「私、何もしなかったし」

戦いの間、一度も魔法を使わなかったユフィネが退屈そうに言った。

「それだけ君達が強くなったということだよ」

ロランはそう言って笑った。

回廊の奥には泉と、2つの転移魔法陣、ショートカットの指輪が備えられている棚が設置されていた。

一行はアイテムを補給し、来たる10階層以降の探索に備えるため、一旦街へと帰還した。

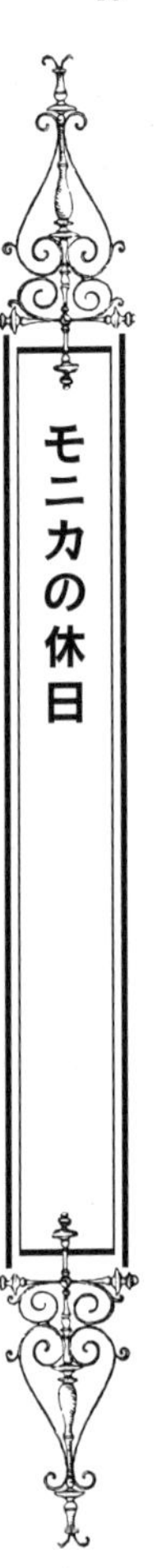

モニカの休日

ダンジョンから帰還したモニカは、リバウンド睡眠を24時間取った後で、クエスト受付所を訪れた。

モニカが受付で来訪を告げると、担当受付嬢のアーミラが現れる。

彼女はクラリアの代わりの担当者で、モニカだけでなくロランの部隊全員を担当している受付嬢だった。

「ようこそいらっしゃいましたモニカ様。こちらへどうぞ」

そう言ってアーミラはモニカを個室に通す。

個室に入るや否や、すぐにアーミラは頭を下げて来た。

「クラリアの件では、ご迷惑をかけ、大変申し訳ありませんでした。今後はあのようなことがないよう努めていきますので、何卒(なにとぞ)、よろしくお願いいたします」

「いえ、そんな。もう終わったことですし」

モニカは少しドキドキしながら言った。

というのもアーミラは迫力のある美人だった。

前髪のほとんどをアップにして一房だけ垂らしている髪型は受付嬢にふさわしい清潔感

を感じさせた。

彫りの深い鼻梁（びりょう）、そしてこちらを射るような力強い瞳。

彼女の美しさからは一種の威厳すら感じさせられた。

しかし、彼女を前にしては謝られたモニカの方が、かしこまってしまうほどであった。

彼女であればきっちり業務をこなしてくれるだろうという安心感はあった。

「して、この度はどのようなご用件でしょうか？」

「はい。クエスト攻略の報告と冒険者クラスの認定で……」

「かしこまりました。ではクエストの内容を」

「はい。嵐を纏う怪鳥（ストームバード）の討伐です」

モニカは手元の鞄（かばん）から『嵐を纏う怪鳥（ストームバード）の羽束』を取り出す。

「ほう。嵐を纏う怪鳥（ストームバード）を。これは凄（すご）い。『嵐を纏う怪鳥（ストームバード）の羽束』を見るのは私も初めてですね」

アーミラは羽束を受け取って感嘆したように言った。

「では真贋（しんがん）を確認させていただきますので、少々お待ちください」

彼女は『嵐を纏う怪鳥（ストームバード）の羽束』を受け取ると、スキル『アイテム鑑定』を発動させる。

『アイテム鑑定』はそのアイテムの真贋、質や性能、そして入手された経緯までをも鑑定することができた。

アーミラは『嵐を纏う怪鳥の羽束』に込められた記憶を読み取る。

『嵐を纏う怪鳥の羽束』は自らがどのように討伐されたのかを伝えてきた。

アーミラの脳裏に、嵐を纏う怪鳥を討伐するモニカの勇姿がありありと浮かんでくる。

アーミラは『嵐を纏う怪鳥の羽束』を様々な角度からじっくり見た後、納得したように目を閉じて『アイテム鑑定』を解除する。

「ふむ。確かにこの羽束は、モニカ様が手に入れられたもので間違いないようですね」

「はい」

「かしこまりました。ではこの羽束をクエスト受付所にクエスト攻略の証として納品する、ということでよろしいですね？」

「はい」

「かしこまりました。ではクエスト成功報酬と、Aクラス冒険者の認定を授与させていただきます。来週までには認定手続き及び登録手続きが完了するでしょう」

彼女はその場で書状を取り出して、自分の名前とモニカの名前を書き加える。

「こちらがAクラス冒険者の仮証明書となります。本証明書は発行され次第、追って送付させていただきます。クエスト報酬の振込先はギルド『魔法樹の守人』でよろしかったですか？」

「はい。よろしくお願いします」

「かしこまりました。ではこの後、Aクラス冒険者向けの講習を受けていただきます。お手数ですが、もう少々お付き合いくださいませ」

モニカは別室に移ってAクラス冒険者用の講習を受けた。


モニカがAクラス認定を受けるのと時を同じくして、『魔法樹の守人』本部では、ウィリクがロランから提出された報告書をせっせとチェックして、スパイ活動に励んでいた。

ウィリクはロランからの報告書を見て首を傾げていた。

そこにはモニカが『嵐を纏う怪鳥』を討伐して、Aクラスの弓使いになったこと、シャクマとユフィネのスキルも順調に成長していて、今月中に少なくともBクラス冒険者になるであろうこと、階層の守護者を倒したため、今後は10階層よりも奥を探索することなどが報告されていた。

（モニカがAクラス？　何言ってるんだこいつは？　そんなことありえないに決まってるじゃないか）

ウィリクはロランを哀れむかのようにため息をついた。

（ロランさんも大変ですね。こんな虚偽の報告書までこしらえて成果をごまかそうとするなんて。まあ、これであの人にも現実が見えたことでしょう。来月からは私の下で現実に沿った指導をしてもらいますよ）

ウィリクはロランからの報告書を握り潰してゴミ箱に捨てた。

無論、この情報がルキウスに伝えられることはなかった。


モニカはクエスト受付所を訪れた後、『精霊の工廠（せいれいのこうしょう）』の工房（アトリエ）を訪れていた。

ダンジョンから帰還して2日間は、休みをもらっていたため、『銀製鉄破弓』のメンテナンスをチアルにしてもらおうと思ったのだ。

モニカから『銀製鉄破弓』を受け取ったチアルは、台座に乗せてその消耗具合をチェックしていた。

「どうかな？　チアルちゃん。私の『銀製鉄破弓』、問題ない？」

「ふーむ。少し弦が弱くなってますね。もしかしてモニカさん、弦を引く強さ手加減していませんか？」

「ええ、そうなのよ。もっと引きしぼりたいんだけど、あんまり強く引くと壊れちゃうかなって思って手加減しちゃって」

「やはりそうでしたか。ではモニカさんが使いやすいように弦の張力をもっと強くしておきますね」

「うん。お願い」

（モニカさんの弦を引く力、予想以上に強いな。これは思い切って強化しておいた方がい

いかも）

「モニカさん、他に何か不便なところなどはありませんか？」

「他には……特にないかな。チアルちゃんの『銀製鉄破弓』とっても使いやすいよ」

「むむ。そんなにですか！」

チアルは自分の作った武器が褒められて、誇らしいようなこそばゆいようなそんな気持ちになってくる。

「うん。だからしっかり整備してあげてね」

「任せてください。きっと以前よりも完璧に仕上げてみせますよ」

チアルはモニカに一人前扱いされて嬉しかったのか、有頂天になり、細い腕をまくって力こぶを作って見せる。

モニカはそんなチアルの様子を微笑ましく見守った。

チアルがハンマーや金具で弓のメンテナンスを行っている間、モニカは部屋の隅の椅子に座って彼女の作業を見守っていた。

（凄いなぁ。チアルちゃん、こんなに小さいのに錬金術ギルドのエースだなんて。私がこのくらいの歳の頃はまだ何にもできなかったな）

「それはそうとロランさんは、今日ここには来ないのかな？」

モニカが少し声を潜めて聞いた。

「ロランさんはまだ来ていないですね。ただでさえ経営者で忙しいのに、一人暮らしなんで色々と所用がかさばるみたいなんですよ。ここに来るのはいつもお昼前ですね」

「そうなんだ。それは大変だね」

「そうなんですよ。ロランさん独り身ですから。私が世話をしてあげてもいいんですが、なぜか私を家に入れてくれなくて」

チアルは腕を組んで難しそうな顔をする。

「あはは。そうなんだ」

モニカはチアルの無邪気さに笑ってしまった。

銀細工師と言ってもまだまだ子供。

大人の事情など知らず、自分はなんでもできると考えている、そんな年頃なのだろう。

(でもそっか。ロランさん、一人暮らしなんだ)

なんとなくロランのことを既婚者だと思っていたモニカは、独り身だと聞いて、ロランへの想いが微妙に変化するのを感じた。

それは心の奥底で密かに期待していたことが、現実となって、にわかに動き出した、そんな気持ちだった。

(今度、何か差し入れでも持って行こうかな)

ロランはモニカと行き違うようにして工房に顔を出すと、いつも通りランジュから報告を聞いた。

ランジュはいつも通り工房をきっちりと管理していて、滞りがなかった。

「とりあえず問題はなさそうだね」

「ええ、ただちょっと経営上のことで相談があって」

ランジュは少し声を潜めながら言った。

ロランはランジュのその様子からタダならぬ事情を感じた。

「分かった。打ち合わせしよう」

ロランとランジュは工員達に話を聞かれない、作業場からは隔絶された会議室に入り込んだ。

「銀が足りない?」

「ええ。以前から厳しかったですが、いよいよ厳しくなって来ました。このままだと今月どころか、今週も持たないかもしれません」

「今週も?　そんなに足りないのか?」

「3つほど原因がありまして」

「順を追って説明してくれ」

「まず、『銀製鉄破弓』を始めとする特注武器に予想以上に銀を使ってしまいました」

「う、やっぱりそうか」

ロランは苦々しい顔をした。

当初の予定になかった急な用件であった上に全てのパーツを銀製にするというのは無茶な要求であることは分かっていた。

「メンテナンスにも『銀A』を使わなければならないだろうね」

「そうですね。このまま武器のクオリティを維持するなら」

「分かった。他の原因は？」

「二つ目の原因はチアルさんです」

「チアルが原因？　一体なんで？」

「前述の通り、銀Aが足りなくなりそうだったので、銀Bや銀Cで銀器を作ってもらおうと思ったのですが、いざ彼女の所に銀を持って行くと『こんな劣悪な銀使いたくない』と言い始めて。アーリエさんの所に苦情を言いに行ってしまって」

「……そうか。そんなことが」

「その時は間に入って事なきを得たんですが……、こう言ってはなんですが、さすがに今度ばかりはチアルさんの言うことはあんまりですよ。アーリエさんは別に悪くありませんし。いくら何でも銀Aばかり使っていては工房(アトリエ)の経営は成り立ちませんよ」

ランジュは憤懣やる方ないといった感じで言った。

実際、ここ最近チアルは増長気味で、そのワガママには目に余るものがあった。

「確かに。チアルのことはちょっと甘やかしすぎたかもな」

「そういうわけで銀A以外で製品を作ってくれない状態は相変わらずです。なので今、工房では銀Aにならない銀鉱石は精錬していない状態です。銀Bや銀Cを作っても在庫が増えるだけなので」

「そうか……分かった。チアルについては僕の方でなんとかしておく。最後の問題は？」

「これです」

ランジュは手紙を差し出した。

エルセン伯からの手紙だった。

「これは？」

「知り合いの貴族が大量の銀器を必要としているから作ってあげて欲しいとのことです」

「このタイミングでか」

ロランは悩ましげに額を手で押さえた。

「ええ。ただでさえ現在、受注してる分の銀が足りないのに、こうしてまた大量の銀器が発注されたとあっては、対応しきれません。というわけで、銀鉱石のストックが足りないわ、職人は銀A以外で銀器を作ってくれないわ、追加の発注はかかるわでどうしようもなく銀が足りない状態です。早ければ今週中に銀が足りなくなってしまいます」

「そうか」

ロランはしばらく腕を組んで考えてみた。

「分かった。一つ考えがある」

「というと？」

「エルセン伯に相談してみる。銀鉱石を供給してくれる業者にアテがあるかどうか」

ランジュは苦々しい顔をした。

「ロランさん。経営の難しいことは分かりませんが、客にこっちの仕事を手伝ってもらうっていうのは、それは店としてどうなんですか？」

「道理にそぐわないことをしているのは分かっているよ。けれどもエルセン伯だって銀器は欲しいわけだし、『精霊の工廠』を支援して育てたいと思っているはずだ」

ランジュは不満気な顔をした。

「そんな顔するなよ。『捨てる神あれば拾う神あり』って言うだろ？　昔は僕も全部自分の力でどうにかしないといけないと思って、自分で自分を追い詰めていた。けれども案外、困っていることを打ち明ければ助けてくれる人もいるもんだよ」

（僕が困窮していた時、リリアンヌさんが助けてくれたみたいにね）

ロランはエルセン伯の手紙に返事を書いた。

新しい銀器の発注についてですが、今、少し難しい状況なので、直ちにお返事することはできない。相談に乗っていただきたいことがあるので、よければお会いできませんか、と。

　それが終わるとロランはすぐにチアルの下へと赴く。

　チアルはロランの姿を見ると無邪気にはしゃいで、再会の喜びも露わに、満面の笑みを浮かべロランの足に抱きついてくる。

「チアル。銀Bや銀Cで銀器を作るのを拒んでいるそうだね」

　そう言うとチアルはさっと笑みを潜めて、距離を取り、警戒態勢に入る。

　いくらロランといえどもそのことに関しては譲るつもりはない、とでも言いたげな態度だった。

「そう。警戒しないでくれ。銀Bや銀Cが役立たずだと考えるのはこの銀器を見てからにしてくれないか？」

　ロランはカバンから1つの銀器を取り出してみせる。

　それは銀Cと鉄、ルビーなどの宝石が組み合わされた一品だった。

（これは……）

チアルはその銀器を見るや否や先ほどまでの警戒態勢などすっかり忘れて一心に見入った。

それは見るものが見れば粗悪な銀が使われていると一目で分かるものだった。

しかし、その粗悪な銀のくすんだ色が、むしろ宝石の美しさを引き立てていた。

(私は今まで最高の銀を最高の形にすることしか考えてこなかった。でもこれはあえて粗悪な銀を使うことで最高級の銀ではできないことをしている)

そうと分かるとチアルは先ほどまでのこだわりなどすっかり忘れて、机に向き合い、設計図を描き始めた。

そこにあるのは、子供っぽく駄々をこねていた少女ではなく、1人の職人の姿だった。

ロランはそれを見て満足する。

(やっぱり職人には現物を見せるのが一番だな。とりあえずこれでチアルの問題は解決か)

ロランはランジュにチアルの問題が解決したことを伝えると、モニカ達の育成に頭を切り替えた。

10階層を探索するための新たな部隊を編成しなければならない。

(これ以上部隊の育成を邪魔させはしない。敵の体制が整う前に、速さで圧倒して振り切る!)

回復魔法の戦列

ロランがクエスト受付所を通して、新規のメンバーを募集したところ、クエスト受付所による公式発表はまだにもかかわらず、腕利きの者達がわんさかやってきた。

Aクラス冒険者と一緒にダンジョンを探索できるという謳い文句は、それほどのインパクトがあるのだ。

彼らはAクラス冒険者とダンジョンを探索できるこのチャンスにありつくべく、我先にと部隊への加入を志願してきた。

ロランは彼ら1人1人の現時点でのスキルを鑑定した上で、面接にて希望条件及び志望理由を聞いていく。

彼らの中には冒険者ランクのアップを望む者もいれば、単純に金銭を望む者もおり、さらには特定のアイテム取得を望む者もいた。

事情も様々だった。

ダンジョン出現時には街を離れていたため、攻略に乗り遅れた者、自分の所属しているギルドでは今回は10回層以上に到達できないと踏んで合流した者、あるいは『金色の鷹』への恨みから『魔法樹の守人』の部隊に参加した者などもいた。

数日かけてメンバーを集めたところ、白兵戦部隊も攻撃魔導師も全てBクラス相当の実力を持つメンバーを揃（そろ）えることができた。

新規メンバーの配備を終えたロランは、脱落した『魔法樹の守人』のメンバーに課題と目標、そして助言を与えて励ました後、部隊を率いて再びダンジョンの入り口へと向かった。

ほどなくして、ロランの動向を見張っていた偵察が、コーター3兄弟の下に伝令を届けた。

コーター達は慌てて部隊を招集しロラン達の後を追った。

ロランが着々と部隊の整備を進めている間、コーター3兄弟の方も何もせずただいたずらに時を過ごしていたわけではない。

来たる10階層以降の探索に向けて部隊の戦力を増強すべく、ルキウスに追加戦力の配備を要請していた。

彼らはルキウスにダンジョン内で起こったことを正直に話した。

ロランの部隊に所属する弓使い（アーチャー）の1人はAクラスのクエストを攻略した。

さらに彼らは既に守護者（ガーディアン）を攻略して10階層に到達している。

なので今後は10階層が主戦場になることが予想される。

任務を継続するためにも、急ぎ自分達の下にＢクラスの盾隊と白兵戦部隊を配備して欲しい。

さもなければ我々はロランの部隊を追跡するどころか、10階層のモンスターに対抗する部隊強度すら保てず、まともにダンジョン内を移動することすらできないだろう。

この段になって、ようやくルキウスはウィリクの話を疑い始めた。

（ロランの部隊にＡクラスの弓使いだと？　バカな。話が違うじゃないか）

もしも特別部隊にＢクラスの盾隊と白兵戦部隊を配備するとなれば、現在ダンジョン攻略に取り組んでいる他の部隊の編成にも影響が出る。

戦略を根本的に見直さなければならなかった。

ルキウスはウィリクを呼び出して、この件について問い質した。

「ああ、ロランが嘘をついているんですよ」

ウィリクはしれっとそう言った。

「嘘？　しかし、コーター達の報告によるとロランの部隊にはＡクラスの弓使いが……」

「何を言っているんだか。Ａクラスの弓使いなんてそう簡単に育てられれば誰も苦労はしませんよ。私の予想通り、ロランは育成が上手くいっていないようですね。成果を誤魔化すために虚偽の報告までしてみっともないことです」

「そうなのか？　しかし、もし何かの間違いでコーター達の言っていることが本当だったとすれば……」

「だからそれもロランの詐術ですって。偽の情報を流してこちらを撹乱しようとしているんですよ。それともなんですか？　私の言うことが信用できないって言うんですか？　それならもう結構ですよ。今後、私が『魔法樹の守人』の情報をルキウスさんに教えることは一切ありません。この関係もこれまでにさせていただきます。どうぞロランからの偽情報に踊らされて、予算を無駄に浪費してください」

ルキウスはウィリクがあまりにも自信満々にそう言うものだから、それ以上疑うわけにもいかずコーター3兄弟に対して以下のように指示を出した。

「ギルドに追加の戦力と予算を割く余裕はない。現有戦力のまま、今まで通りロランの部隊を追跡し、彼らのクエスト攻略を阻止せよ」

この命令を聞いたコーター達は愕然として、再度部隊の増強を要請しようとしたが、ロランはその時間を与えず部隊の編成を終えてダンジョンに潜り込んだ。

コーター達はなす術もなく脆弱な前衛部隊のままでロランの後を追うはめになった。

11階層は久しぶりの遺跡ステージだった。

ここからは人間が住んでいるとは到底思えない巨大な建物もあれば、反対に人間が通るには余りにも狭すぎる穴のような通路を含んでいる建物もあった。

それは大鬼（オーク）よりもはるかに背が高く強靱（きょうじん）なモンスター、『巨大な鬼（オーガ）』と建物を造り替えるほどの知識と器用さを持つモンスター『知恵を持つゴブリン（コボルト・ゴブリン）』がいることの何よりの証（あかし）だった。

彼らは10階層以前のモンスターよりもはるかに力強かったり頭がよかったりするため、多数の子分を従えることができ、もともと人間が住んでいたはずの遺跡を自分達にとって住みやすいよう、あるいは人間を迎撃しやすいよう建物を改造することまでしていた。

ショートカットの指輪で11階層に到達したロランの部隊とコーターの部隊は、ダンジョンの空気からこれまでとは段違いに強い敵がいることを感じて、誰もが気を引き締めた。

「モニカ。『鷹の目（ホークアイ）』を」

「はい」

ロランが命じるとすぐにモニカは『鷹の目（ホークアイ）』に視点を切り替える。

Sクラスとなった彼女の『鷹の目（ホークアイ）』はこの階層の全てを見渡すことができた。

入り口から出口までのマップに加えて、どこにどのモンスターがうろついているかまで把握でき、どのルートを通ればモンスターに遭遇せずに出口まで行けるか、あるいは目当てのモンスターと遭遇することができるかまで詳（つまび）らかに知ることができた。

さらに風の流れまで見ることができるようになった彼女は、その淀（よど）みから建物の中に隠れているモンスターさえ見つけることができた。

窓から道路に向かって弓矢や吹き矢を構えている『知恵を持つゴブリン（コボルト・ゴブリン）』。

上階から道路に飛び降りようとしている『巨大な鬼（オーガ）』。

そしてこれらのモンスターを射撃できる角度、ポイントまで正確に知ることができた。

（凄（すご）い。これが『鷹の目（ホークアイ）』の本当の力。ダンジョンに潜伏しているモンスターの動静が手に取るように分かる。これなら自分の思い通りのプランでダンジョンを攻略できる）

「モニカ。どうだい？　出口までのルートは見えたかい？」

「はい。出口までのルートは大きく分けて3つです。1つは1匹もモンスターに遭遇しないルート。もう1つは遭遇数が非常に多いルート。もう1つは潜んでいるモンスターが非常に多いルートです」

2人は後ろのコーターの部隊に聞こえないよう顔を近づけてヒソヒソと話した。

「よし。よくやったモニカ。それさえ分かればダンジョンは攻略できたも同然だ。それじゃもう少し難しいことを聞いてもいいかい？」

「はい。なんでしょう？」

「単にダンジョンを攻略するだけじゃなく、後ろにいる奴（やつ）らを撒（ま）きたい。そのためには彼らの足を止める必要がある。上手いこと後ろの部隊にだけ、モンスターを当たらせることができる、そんなルートはあるかい？」

「待ってください。探してみます」

モニカは再び『鷹の目(ホークアイ)』に視点を切り替えて、ルートを探ってみる。

「ありました。3つのルートのうち、潜んでいるモンスターが多いルートを辿(たど)れば、いくつかのポイントでモンスターが背後から奇襲を仕掛けてくると思われます。そのポイントで駆け出せばあるいは……」

「よし。よくやった」

ロランはモニカの肩をポンと叩(たた)いた。

「……はい」

モニカはちょっとだけ頬を赤く染めて俯(うつむ)き、返事した。

今では彼女の中で新しいモチベーションが生まれつつあった。

ロランの役に立ってより強く認めてもらうこと。

それが今の彼女のささやかな幸せだった。

(もっと頑張ってもっと役に立てれば、ロランさんも私のこと見てくれるかな)

「おーい。隊長さんよ。いつまでヒソヒソ話してんだ。こうして待っている間にも体力は消耗されるんだ。いい加減、先へ進もうぜ」

新規に募集したメンバーのうちの1人が不満を漏らした。

「ああ、待たせてすまない。それじゃ進もうか。モニカ」

「はい」

おもむろにモニカは弓に矢を番（つが）え、上空に向けて射出した。

彼女の矢は放物線を描いて、部隊のすぐそば、目と鼻の先にあるダンジョンの入り口の門、その向こう側にいる『知恵を持つゴブリン（コボルト・ゴブリン）』に命中した。

『知恵を持つゴブリン（コボルト・ゴブリン）』は一撃で絶命して、倒れ、部隊の前にその手に持っている毒槍（どくやり）と共に死体を晒（さら）した。

その場にいた者達は全員真っ青になる。

（ダンジョンの入り口に毒槍持ちの『知恵を持つゴブリン（コボルト・ゴブリン）』かよ……。えげつねぇ。もし、迂闊（うかつ）に進んでいたら少なくとも誰か1人はあの毒槍の餌食に……）

（いや、それよりもこの女、完全な死角に潜んでいた敵を一撃で仕留めた。これがAクラス弓使い（アーチャー）のスキルなのかよ）

新人は入り口に潜んでいた小鬼（ゴブリン）にもモニカに対しても恐れを抱くのであった。

「では、行きましょう。私が先導します。皆さん、ついてきてください」

モニカは高らかにそう宣言すると部隊の先頭に立ってダンジョンを進んで行く。


部隊は静かに粛々と進んだ。

モニカが進んでいる間はそのまま歩き、彼女が止まると部隊もストップする。

止まると彼女はおもむろに矢を構えて建物の影や内部に潜んでいる敵を射殺した。

敵を矢で殺せない時には盾隊に敵の場所を教えて盾を構えさせながら進ませ、モンスターを追い詰めて、殺した。

全ては彼女によってリードされた。

部隊の他の人間はただただ彼女の指示に従うに過ぎない。

ある時、モニカは5匹ほどのコボルトが建物を陰に迂回（うかい）して部隊の側面に回り込もうとしているのを鷹の目（ホークアイ）で捉えた。

（！　コボルトが動いた。回り込む気だ！）

弓矢や毒矢を装備している。

「ロランさん。このまま進んでください」

モニカはそれだけ言い残すと、『抜き足（サイレントラン）』で部隊を離れて、コボルトが陣取ろうとしている場所に先回りして、掃討した。

その後、何事もなく部隊に合流する。

こうして部隊は不気味なほど何事もなく着実にダンジョンを進んで行った。

このように伏兵の多いこのルートでは基本的に射撃戦だけで事足りたが、どうしても白兵戦の避けられない場所があった。

それがこの勝者の門（トリヨン・ゲート）である。

広場を越えた先に構えるこの巨大な門には巨大な鬼（オーガ）の紋章が刻まれており、その先に何が待ち構えているのかをはっきりと示していた。

　モニカは曲射して門の向こうに矢を放ったが、どうやら敵は盾を持っているようで、どれだけ矢を放り込んでも門を開け、打って出てくることはなかった。

「モニカ。敵の構成は分かるかい？」

「はい。少し待ってください」

　モニカが『鷹の目（ホークアイ）』で調べたところ、敵の構成は、巨大な鬼（オーガ）3体に、大鬼（オーク）15体、人狼（ウェアウルフ）（俊敏（アジリティ）に優れるだけでなく、攻撃時には二足歩行になり武器を使ってくる）10体、盾を弾く雄牛（ラッシュ・ブル）（突進してダメージを与えるだけでなく、高確率で盾持ちを吹き飛ばして戦列を乱すことができる）5体、疾風を起こす鷲（ゲイル・イーグル）（その羽ばたきは三度に一度強風を巻き起こして部隊を動けなくしたり、弓使い（アーチャー）の放つ矢を逸（そ）らせたりする）5体ということだった。

　特に厄介なのは巨大な鬼（オーガ）と盾を弾く雄牛（ラッシュ・ブル）だった。

　盾を弾く雄牛（ラッシュ・ブル）は突進でこちらの戦列を乱してくるため、幻影魔法か地殻魔法などの搦（から）め手（て）系支援魔法によって食い止めなければ、後衛の魔導師や弓使い（アーチャー）を直接攻撃される恐れがあった。

　盾を弾く雄牛（ラッシュ・ブル）は一塊になって突っ込んでくる習性があるため、シャクマの支援魔法で対応できるとして、巨大な鬼（オーガ）は3体それぞれバラバラに攻撃してくる恐れがあった。

　巨大な鬼（オーガ）の攻撃力は桁外れで、一度に2、3人をまとめて攻撃できるだけでなく、一撃でフル装備の戦士(ウォーリアー)の体力を激減させる。

Bクラスの盾持ち戦士(ウォーリアー)であっても体力の半分以上は削られてしまうだろう。

つまり大鬼(オーク)を倒すには、広範囲に回復魔法をかけられる治癒師(ヒーラー)がどうしても必要だった。

ロランはこのことにも対策をしていた。

「ユフィネ。打ち合わせしていた、あれをやってみようか」

「はい」

ユフィネには『銀の杖(つえ)』を与えたものの、命中率の向上は限定的で、結局、部隊全体を一度に回復させる方法は見つからなかった。

そこで発想を転換して、戦闘中の白兵戦部隊に回復魔法をかけるのではなく、あらかじめ発動させた回復魔法の魔法陣に白兵戦部隊が陣取るという方法を試してみることにした。

ユフィネの魔力自体は常人を遥(はる)かに超えるキャパシティなので、戦闘中、回復魔法を発動させていても魔力が尽きることはなかった。

つまり白兵戦部隊は戦闘中、常に回復しながら戦えるはずだった。

残る懸念は発動した広範囲回復魔法が綺麗(きれい)に戦列を形成できるかどうかである。

ロラン達(たち)の部隊は広場に足を踏み入れ、門に向かって進み、白兵戦を受けて立つ構えを見せた。

広場の半ばを過ぎたところで突然門が開き、モンスターがなだれ込んでくる。

部隊は敵の構成と戦列を見て、素早く展開した。

出て来たモンスターはあらかじめモニカから聞かされていた通りの構成だった。

先鋒（せんぽう）は盾を弾く雄牛（ラッシュ・ブル）だった。

予想通り、5体で固まって、右翼の方に突っ込んでくる。

その次は巨大な鬼（オーガ）だった。

3体の重厚な盾を構えた巨大な鬼（オーガ）は門を通り抜けると、散開して、それぞれ右翼、中央、左翼に襲いかかって来る。

その後ろには人狼（ウエアウルフ）、鎧をつけた大鬼（アーマードオーク）、疾風を起こす鷲（ゲイル・イーグル）が控えていた。

「シャクマ、右翼に『地殻魔法』を展開！　白兵戦部隊はユフィネの回復魔法に沿って戦列を形成！　モニカは対空迎撃だ！」

「「「はい！」」」

ロランが矢継ぎ早に指示を出すと、部隊のメンバーは次々に配置を変え、命令を忠実に実行していく。

シャクマは右翼の先頭に立つと、『地殻魔法』を発動させた。

『地殻魔法』は何の変哲もない地面を盛り上がらせて、堡塁（ほうるい）を出現させる魔法である。

『地殻魔法』によって盾を弾く雄牛（ラッシュ・ブル）の進撃を食い止める作戦は特に何の弊害もなく上手（うま）くいった。

前方への推進力はあるが、一度走り出すと止まることのできない盾を弾く雄牛は、堡塁に尽く激突してその場に昏倒し、後ろのモンスターの足まで止めて渋滞を引き起こした。

こうしてシャクマは右翼にかかりきりとなったため、中央と左翼の命運は、新しく刷新された盾隊とユフィネの回復魔法に委ねられた。

「いきます。『広範囲回復魔法』！」

ユフィネは部隊全てをカバーできる規模の回復魔法陣を発動した。

しかし、発生した数十の魔法陣はてんでバラバラの位置に発生して、列すらまともに形成していなかった。

白兵戦部隊に緊張が走った。

このままでは回復魔法の援護なしで巨大な鬼の攻撃を受けなければならない。

（くっ。ダメか）

ユフィネは歯嚙みした。

「もう一度だ！」

ロランが叫んで激励した。

「はい。『広範囲回復魔法』！」

（お願い。命中率が悪いならせめて一列に並ぶくらいのことはしてよ）

ユフィネは祈るようにして杖の先から魔力を発する。

彼女の杖が光り、地面に多数の魔法陣がちりばめられた。

今度は数十の魔法陣が整然と並び、重なり、帯状を形成した（全く見当はずれな場所で発動しているのは1つか2つ程度だった）。

これなら、回復魔法を受けつつ戦列を形成することができるだろう。

「よし。行け！」

ロランの号令を合図に盾持ちの戦士(ウォーリアー)達が、回復魔法陣を占拠して、自身は回復の恩恵を受けつつ、敵に回復の恩恵が渡らないようにした。

巨大な鬼(オーガ)が盾隊に向かって巨大な棍棒(こんぼう)を振り下ろした。

金属同士が激しくぶつかり合う音が聞こえて、巨大な鬼(オーガ)の攻撃を受けた盾持ちの戦士(ウォーリアー)達は内臓に圧迫を受け、血を吐くほどの衝撃を受けたが、瀕死(ひんし)には至らず、すぐに回復魔法によって全快した。

次に巨大な鬼(オーガ)は盾をぶつけて盾隊を魔法陣からズラそうとしたが、盾隊の者たちは3人がかりで巨大な鬼(オーガ)の体重を乗せた攻撃を受け止め、その場に踏みとどまった。

そのうちに攻撃魔導師が高火力の魔法を巨大な鬼(オーガ)に食らわせる。

爆炎をまともに食らった巨大な鬼(オーガ)は怯(ひる)み、さらに盾隊が槍を浴びせたため、その場に膝をついて体勢を崩し、一旦後ずさりするしかなかった。

巨大な鬼(オーガ)以外のモンスターも戦列に突っ込んでくるが、回復魔法の加護を受けた盾隊はモンスターからの攻撃を尽く跳ね返した。

（よし。いける）

ロランはこれがユフィネの回復魔法を最大限、有効活用できる戦術だと確信した。

（戦術は固定しない。メンバーのスキルに合わせて最適な戦術を導き出す。これが僕のやり方だ）

右翼で盾を弾く雄牛（ラッシュ・ブル）の進撃を阻んだシャクマは焦ったい気持ちだった。

『地殻魔法』を発動したため、また彼女の鎧（よろい）は重くなり、動けなくなっていた。

（くっ。今、『幻影魔法』をかけられれば逆に盾を弾く雄牛（ラッシュ・ブル）を敵に向けて、突進させられるのに。また鎧が重くなって動けなくなってしまった。先に『幻影魔法』から発動すべきでしたか。いや、しかしそれでは突撃に間に合わないし）

今回もロランの要求する一度に3種類の支援魔法を発動させるという要求を満たすことはできそうにない。

シャクマがスキルの構成について考えを巡らせていると、剣を装備した戦士（ウォーリアー）達が駆け寄って来た。

シャクマは仕方なく思考を中断して彼らに『攻撃支援魔法』をかける。

『攻撃支援魔法』をかけられた者達は赤く輝きながら、敵の最も弱い部分を切り開いていく。

地上部隊の攻撃が尽く失敗に終わったモンスター達は最後の頼みの綱として、疾風を起こす鷲(ゲイル・イーグル)による空からの後衛部隊への攻撃にかけたが、モニカはあっさりと疾風を起こす鷲(ゲイル・イーグル)を迎撃した（疾風を起こす鷲(ゲイル・イーグル)の羽ばたきは三度に一度強風を巻き起こして部隊を動けなくしたり、弓使い(アーチャー)の放つ矢を逸らせたりするが、『鷹の目(ホークアイ)』を使えるモニカには何の問題にもならなかった）。

その後は、シャクマの『地殻魔法』で出現した堡塁の上に乗り（シャクマはモニカが疾風を起こす鷲(ゲイル・イーグル)を撃ち落としている間、『地殻魔法』を発動し続け、今や堡塁は建物1階分の高さになっていた。堡塁は敵側に対してはただただ聳(そび)え立つ壁を見せるだけだが、味方側の壁には頂上に登るための階段が付いていた）、盾を弾く雄牛(ラッシュ・ブル)を1体ずつ仕留めた後、『巨大な鬼(オーガ)』も1体ずつ仕留めていった。

その後は盾隊も剣を抜いて、残った大鬼(オーク)や人狼(ウェアウルフ)といったモンスター達を掃討していき敵を全滅させた。

ボトルネックであった白兵戦を制したロラン達は再びダンジョンを進んだが、今度はコーター3兄弟からの妨害が激しくなって来た。

彼らは行軍中であるにもかかわらず、ロラン達の部隊の最後尾に体をぶつけてきたり、罵声を浴びせたり、喧嘩(けんか)をふっかけてきたりといった違法すれすれの行為をしてきた。

彼らは先ほどのロラン達の戦いぶりを見て焦っていた。

ロランの部隊は以前とは比べ物にならないほど、充実している。

もはやＣクラス、Ｂクラス程度のクエストを攻略するのは時間の問題のように思えた。

かくなる上は、せめて行軍の進行を遅らせて体力を消耗させるしかなかった。

新規のメンバーは彼らの露骨な妨害にイライラして苦情を言いに行く者もいないではなかったが、その度にロランは自制を促した。

ある時、突然、モニカが合図すると、ロランの部隊はそれまでのようにゆっくり歩くのはやめて、全速力で駆け出した。

慌ててコーターの部隊も後に追いすがろうとするが、その時、突然、背後からモンスターに襲われる。

彼らはロラン達を追いかけようと前のめりになっていたため、突然背後からの攻撃にさらされ、動揺し、混乱した。

コーター達はどうにか事態を収拾し、部隊に落ち着きを取り戻させたが、敵には人狼（ウェアウルフ）も含まれており、とても振り切れそうにないので、やむなく部隊を展開して応戦することになった。

そうしてコーター達が戦っているうちに、ロラン達の部隊は全速力でダンジョンを進み、敵の部隊を引き離した。

コーターの部隊は敵を倒した後、どうにかロラン達を追尾するべく、なるべく速く行軍しようとしたが、先ほどまでと違い、モニカの『鷹の目(ホークアイ)』による加護を受けられなくなったので、奇襲や伏兵に対応できなくなり、少し進んでは敵に手を焼かされるの繰り返しで行軍は遅れに遅れた。

何よりも彼らは巨大な鬼(オーガ)が怖かった。

彼らの脆弱(ぜいじゃく)な部隊で巨大な鬼(オーガ)に遭遇しようものなら、盾隊は一撃で破られてしまい、撤退を余儀なくされるであろう。

恐怖は彼らの足を遅くして、焦りは彼らの体力を削り取った。

ロラン達はモニカの先導と加護の下、着々とダンジョンを無傷で進んだため、この階層の出口に辿(たど)り着いた時には、コーターの部隊とはおよそ1キロ近く離れていた。

ロラン達は12階層への転移魔法陣を開いてその先へ進んだ。

ダンジョンに潜り込んでから24時間ほど経過した頃のことである。

縄張り意識

12階層は再び森の中だった。

平野部なので広く平坦（へいたん）な道が続いているが、両脇は木立の立ち並ぶ森林になっている。

ユフィネの覚醒を受けて、部隊の編成を変えることを迫られたロランは、再び戦術を見直すことにした。

『回復魔法の戦列』を使えば、大抵の敵に勝つことができるが、戦闘中常に魔法を発動し続けるのは、過剰に魔力を消費する戦い方でもあった。

いくらユフィネの魔力量が多いからといって、毎回使うわけにはいかない。

魔力を回復するアイテムも調達する必要がある。

幸い、モニカが『鷹の目（ホークアイ）』を使うことで、この階層内の『マジックチェリー』（口に含めば魔力を回復できるサクランボ）が群生している場所をすぐに見つけてくれたので、ロランはその場所を第一目標に定めた。

陣容は以下のように定めた。

モニカには引き続き、『鷹の目（ホークアイ）』によって奇襲してくる敵への対処をしてもらう。

ユフィネには巨大な鬼（オーガ）のような攻撃力の高い敵が出た時のみ、『回復魔法の戦列』を使ってもらう。

　それ以外の場面では全てシャクマが支援魔法により、部隊の消耗を最小限にしつつ、最短時間で戦闘を切り抜ける。

（問題はシャクマだな。もう一段階レベルアップするには今までのやり方ではダメだ。となれば……）

「シャクマ、ここからは君が指揮も担当してくれるかい？」

「私が⁉　いいんですか？　確かに支援魔導師が部隊の指揮を担当することは珍しくありませんが……」

「ああ、この部隊で全体のことについて目を配れるのは君しかいない。やってくれるかい？」

「はい。是非ともやらせてください。やってみせます」

「君ならそう言ってくれると思っていた。じゃあ、頼んだよ」

　ロランはシャクマが責任と権限を与えれば与えるほどやる気を出し、力を発揮するタイプだと見抜いていた。

　このように部署すると、ロランはクエスト受付所から支給されたクエスト情報を確認した。

（すでにこの部隊には『金色の鷹（たか）』の主力部隊と競争するだけの実力は十分にある。でもまだだ。この部隊はまだ成長できる。来たる『金色の鷹』との決戦に向けて、今月中にシャクマとユフィネを最低でもBクラスに昇格させる！）

　クエスト情報によると、13階層には支援魔導師用クエスト、『召喚魔法を使う狐（ウィザード・フォックス）』の討伐クエストが、14階層には治癒師（ヒーラー）用クエスト、『吹雪を吐くカバ（ブリザード・ヒポポタマス）』の討伐クエストがあった。

　どちらも達成すればBクラスの認定が受けられる。

　新しい配置を与えられた3人は互いの役割を確認し、部隊運営の約束事について話し合うと、目標に向かって全速力で進軍し始めた。

「！　右から敵が来ます！　『トカゲの戦士（リザードマン）』5体！　援護お願いします」

『鷹の目（ホークアイ）』で敵を捉えたモニカが鋭く叫んだ。

　彼女はいち早く部隊から離れて、予想されうる射撃ポジションへと走り出す。

　すぐにロランの目にも林の中を走る『トカゲの戦士（リザードマン）』の姿が見えた。

　部隊の進軍に対して並走している。

『トカゲの戦士（リザードマン）』は盾と剣の軽装備をしたモンスターだった。

　鋭い剣と分厚い体皮を持ち、高い攻撃力と防御力を誇るだけでなく、素早さも高いという厄介なモンスターだった。

　シャクマは『トカゲの戦士（リザードマン）』を目の端で捉えながら考えをまとめようとする。

（『トカゲの戦士（リザードマン）』か……俊敏（アジリティ）の高い敵に対してどう部隊を展開させるかがポイントですね。使う支援魔法は……）

「遅い！」

ロランが怒鳴った。

シャクマはビクッとする。

「支援魔導師は判断力の早さが全てだ。考える前に部隊を動かせ！」

「は、はい。白兵戦部隊の皆さん、敵に攻撃をかけてください」

シャクマは慌てて指示を出したが、白兵戦部隊が攻撃を仕掛ける前に、敵の頭を押さえんと射撃ポジションに立っていたモニカが矢を放っていた。

矢は『トカゲの戦士（リザードマン）』を仕留めるには至らなかったが、彼らの持っている丸い盾に突き刺さる。

敵（かな）わないと察した『トカゲの戦士（リザードマン）』は、白兵戦に移行する前に撤退して行った。

（ぐっ、逃げられましたか）

「シャクマ、戦闘中にも言ったが、判断が遅い。ただでさえモニカが敵の種類と数を伝えてくれたっていうのに、敵影が見えてから考え始めるようでは遅すぎる」

「う、すみません」

（ロランさんからの要求が厳しくなってきた。このままではダメということか）

ロランは、シャクマに厳しい指摘を与える一方で、モニカのことは褒めておいた。

「モニカ。さっきの動きよかったよ」

「はい。ありがとうございます」

（やっぱりモニカは優等生だな。壁さえ越えれば優秀そのものだ）

「君はあの戦い方でいい。敵よりも先に射撃ポイントを押さえるんだ。次もよろしく頼むよ」

「はいっ」

モニカはロランに褒められて心がウキウキと沸き立つのを抑えることができなかった。

それは一種の深読みにすら繫がった。

（ロランさん、さっきからシャクマや他のみんなには厳しいけど、私にだけ優しいような？）

ロランはきっちり自分の注文に応えたモニカを褒めたに過ぎないが、そんなことはお構いなしに、モニカの中に生まれた淡い期待は膨らんでいく一方だった。

（ロランさん、どうしてそんなに私に優しくしてくれるんですか？　何か理由があるんですか？　ねぇ、ロランさん、もっとこっちを見てくださいよぅ）

モニカはロランの横顔をこっそり、そして熱っぽく見つめるが、ダンジョンの先を見つめる彼の黒い瞳は何も教えてくれない。

ロラン達は『マジックチェリー』がたくさん生えている場所に辿り着くと、取れるだけ取って13階層へと急行した。

13階層は再び遺跡のステージだった。

1階層分、シャクマに対してビシバシプレッシャーを与えた甲斐もあって、彼女の判断力は否応なく研ぎ澄まされていった。

俊敏の高いモンスターが現れれば、早めに展開して追撃態勢を取る、風向きがこちらに有利なら、あらかじめ『幻影魔法』で霧を発生させる、高さを作りたいなら、『地殻魔法』で堡塁を作る、といった具合に。

ロランは小まめにシャクマのスキルを鑑定して、その成長度合いをチェックしていた。

そうして機は熟したと判断した頃、『召喚魔法を使う狐』の討伐に向かう。

ロラン達は、マップ全体を見渡すことができるようになったモニカの『鷹の目』のおかげで、道中を最小限のエンカウントで済ませて『召喚魔法を使う狐』の下まで辿り着くことができた。

『召喚魔法を使う狐』は魔導師の格好をして杖も持っている二足歩行の狐だった。

召喚魔法で次々にモンスターを召喚してくるため、素早い判断能力を持つ支援魔導師でなければ倒せないモンスターと言われている。

体力と防御力は低いため、Ｂクラス以上の戦士（ウォーリアー）なら一撃で倒せるモンスターだったが、狡猾（こうかつ）で逃げ足が速いため、捕まえづらいのが難点であった。

『召喚魔法を使う狐（ウィザード・フォックス）』は戦闘を仕掛けようとするロラン達に対して、建物と建物の間の細い道、細い隙間を逃げ回りながら、召喚魔法で、『レッドオーク』（『攻撃支援魔法』を受けたものでなければダメージを与えられないオーク）と『ブルーオーク』（『防御支援魔法』を受けたものでなければダメージを与えられないオーク）を繰り出してきた。

　ロラン達はシャクマの『攻撃付与魔法』や『防御付与魔法』を与えた白兵戦部隊で対応しながら、モニカの『鷹の目（ホークアイ）』を頼りに『召喚魔法を使う狐（ウィザード・フォックス）』を追跡して、やがてダンジョン内の広場に追い詰めた（ダンジョン内の遺跡は正しく追いかければ、いずれは敵を袋小路に追い詰められるようになっている）。

　そこは四方を背の高い建物に囲まれた場所で、ロラン達が通って来た道以外に逃げ場のない場所だった。

「やっと追い詰めたか」

「手間かけさせやがって」

　白兵戦部隊の２人が肩で息を切らせながら言った。

　広場の奥に待ち構える『召喚魔法を使う狐（ウィザード・フォックス）』はロラン達を見ると不敵な笑みを浮かべた。

　おもむろに杖を掲げて魔法陣を展開してくる。

逃げ場のない場所に『召喚魔法を使う狐(ウイザード・フォックス)』を追い詰めたロラン達だが、『召喚魔法を使う狐(ウイザード・フォックス)』にとってもこの広い空間はたくさんの魔法陣を展開して、冒険者達を屠(ほふ)るのに格好の場所だった。

やがて『召喚魔法を使う狐(ウイザード・フォックス)』の展開した魔法陣からレッドオークとブルーオークが姿を表す。

モニカは『召喚魔法を使う狐(ウイザード・フォックス)』に向かって矢を放つが、レッドオークが立ち塞がってあっさりと受け止める。

レッドオークには『攻撃支援魔法』がかけられていなければいかなる攻撃も通用しない。

レッドオークの腕に当たった矢は、跳ね返って地面に転がった。

シャクマは素早く判断した。

敵の陣容、地形と風向き、こちらの陣容、使用するべき支援魔法。

(敵はレッドオークが5体とブルーオークが5体。風向きは右から左。風向きがイーブンな以上、一手目に『幻影魔法』はない。それなら白兵戦部隊に『攻撃支援魔法』と『防御支援魔法』をかけて大鬼(オーク)を倒すか？　それとも『地殻魔法』で高さを作るか？)

シャクマは全てを考慮に入れて二手三手先まで読んだ上で、決断を下す。

(『攻撃支援魔法』や『防御支援魔法』を使っても、大鬼(オーク)を撃破できる保証はない。それどころか後手に回り、『召喚魔法を使う狐(ウイザード・フォックス)』を取り逃がしてしまうかもしれない。ならば、

『地殻魔法』で高さを作り、『弓使い(アーチャー)』スキルで仕留めるしかない！　重要なのは、時間を稼ぎつつ、敵に逃げられないこと！）

「盾隊の皆さん、敵の大鬼(オーク)を食い止めてください。攻撃魔導師の皆さんは『召喚魔法を使う狐(ウィザード・フォックス)』の退路をカバー！　弓隊は私について来てください」

シャクマは矢継ぎ早に指示しながら駆け出した。

（私は普通の支援魔導師と違って、頻繁に位置を変えることができない。なら、全ての支援魔法をかけられる場所、そんな場所にいち早く陣取るしかない！）

シャクマは広場の中央に陣取ると『地殻魔法』を使って堡塁を建設した。

この上に乗れば、広場のどこにいる敵でも弓隊が打ち取れるはずである。

シャクマが堡塁を建設し始めると、大鬼(オーク)の方も妨害せんとしてシャクマと堡塁に攻撃を仕掛けてくる。

盾隊が急いで大鬼(オーク)を食い止め、シャクマと堡塁を守る。

着々と作り上げられる堡塁の左右で大鬼(オーク)と盾隊のせめぎ合いが始まった。

盾隊の者達は大鬼(オーク)にダメージは与えられないものの、盾で押さえつけて動きを止めることには成功する。

そのうちにシャクマは着々と堡塁を建設する。

『召喚魔法を使う狐(ウィザード・フォックス)』はその様子を見ても決して焦らず、その狐顔に張り付いた不気味な笑みを崩さなかった。

まるで小娘の小賢しさを嘲笑うように。

ロラン達はシャクマと堡塁を守る都合上、これ以上迂闊に『召喚魔法を使う狐』に向かって近寄れなかったし、大鬼も10体程度では盾隊を突破することはできなかった。

両陣営は互いに決め手を欠いたまま一時膠着する。

(チンタラやってたら消耗するだけだろうが)

痺れを切らした一人の攻撃魔導師が『召喚魔法を使う狐』に向けて爆炎魔法を放った。

『召喚魔法を使う狐』は目の前で爆炎が弾けても眉ひとつ動かさずに鎮座し続ける。

(チッ、目の前で爆炎が上がってるってのに顔色一つ変えやしねぇ。こっちの射程は完全に見切ってるってか)

攻撃魔導師は舌打ちした。

(これ以上やっても魔力を消耗するだけだ。後はウチの支援魔導師の読みが正しいことを信じるしかねぇな)

シャクマが堡塁を作っているうちに、『召喚魔法を使う狐』はさらに魔法陣を作って10体の大鬼を追加する。

こうしてドンドンと大鬼を召喚して行って、大鬼に逃げ道をこじ開けさせ、敵が大鬼と戦っているうちに逃げ出してしまうのが、『召喚魔法を使う狐』の常套手段だった。

しかし、その頃にはシャクマの『地殻魔法』も1階分の高さの堡塁を完成させていた。

「左翼の皆さん、10歩後退してください」

シャクマは指示すると同時に『幻影魔法』を発動した。

左翼の盾隊が後退すると、レッドオーク達が前進して追いかける。

そこにシャクマの杖の先から霧が吹き出して、横向きの微風に乗り、先ほどまで盾隊が陣取っていた場所、今はレッドオークのいる場所を霧が覆い始める。

瞬く間に充満した霧は壁のように厚く、濃くなる。

レッドオークは突然、敵を見失い、幻影に囚われて、同士討ちを始めた。

大鬼との小競り合いから解放された左翼の白兵戦部隊は霧の壁を迂回して、『召喚魔法を使う狐』の側面に回り込む。

弓隊は保塁の階段を登り、高所から『召喚魔法を使う狐』を狙い撃つ。

ここに来て『召喚魔法を使う狐』の表情に焦りが映り始める。

このままでは2つの方向から攻撃を受けてしまう。

『召喚魔法を使う狐』は新たに召喚した大鬼を急いで自分の元に呼び戻す。

『攻撃支援魔法』を受けたモニカは堡塁の上に立つと『召喚魔法を使う狐』に向けて矢を放った。

『召喚魔法を使う狐』はブルーオークに受け止めさせる。

しかしすぐに『防御支援魔法』を受けて青い光を纏(まと)った弓使い(アーチャー)が矢を番(つが)えて狙ってくる。

『召喚魔法を使う狐(ウイザード・フォックス)』はレッドオークに受け止めさせる。

いまや『召喚魔法を使う狐(ウイザード・フォックス)』は目に見えて狼狽(ろうばい)していた。

大鬼(オーク)達を移動させるか、新たに大鬼(オーク)を召喚するか迷っているうちに、射程内に入った攻撃魔導師が爆炎魔法を放ち、『召喚魔法を使う狐(ウイザード・フォックス)』は跡形もなく消し飛んだ。

『召喚魔法を使う狐(ウイザード・フォックス)』の持っていた杖は粉々に割れ、杖の先に嵌(は)め込まれていた『大鬼(オーク)の召喚石』だけが地面にコロコロと転がった。

大鬼(オーク)達は雲散霧消したように消えてしまう。

ロランは『大鬼(オーク)の召喚石』を拾い上げる。

(よし。これでシャクマもBクラスだ)

こうしてロラン達が着々とクエストをクリアしている間、コーター達はというと悲惨だった。

ロラン達に遅れること10時間後、コーター達もどうにか13階層に到達したのだが、そこでついに『巨大な鬼(オーガ)』に出くわしてしまった。

彼らは治癒魔法と防御支援魔法で奮戦したものの、脆弱(ぜいじゃく)な前衛部隊では『巨大な鬼(オーガ)』の攻撃に耐えきれず、あえなく撤退することになった。

このダンジョンを探索していたセバスタの部隊が、遠くから彼らを見つけたのは、丁度その時である。

誰よりも早く15階層に到達したセバスタ達は、我々に敵うギルドなしと決め込み、ダンジョン攻略を後回しにして、13階層にある大金を獲得できるクエストに取り掛かろうとしていたところだった。

セバスタはコーター達がいるのを見て眉をしかめた。

「おい、あれはコーター達ではないか？」

セバスタは傍の副官に対して問い掛けた。

「本当だ。一体こんなところで何をしているんでしょうね」

「おい、お前。あいつらが何をしているのか聞いてこい」

セバスタの命令を受けて副官はコーター達の元に向かった。

セバスタの副官が来たのを受けて、コーター達は憔悴から一転、欣喜雀躍した。

セバスタの援助を受けられれば、ロランを追撃することができる。

彼らは自分達の窮状について正直に話した。

自分達はとある特別な任務のためにこの階層までやって来たのだが、部隊の脆弱さと補給の貧弱さのため『巨大な鬼』を突破できずに困っている。

どうか、セバスタ部隊の方で我々を援助してはくれまいか、と。

これを聞いたセバスタは激怒した。

「我々以外の部隊が任務でこのダンジョンをうろついているだと!?　このダンジョンは我々セバスタ隊の管轄ではなかったのか。特別任務!?　ふざけるな！　俺はそんなこと聞いていないぞ」

セバスタは縄張り意識の強い人間だった。

彼からすれば自分達(たち)以外の部隊が自分達の与(あずか)り知らぬ理由で、同じダンジョン内をウロウロしているなどというのは言語道断、我慢のならないことだった。

セバスタはコーターの部隊を救援するどころか、むしろ彼らに所持しているアイテムを引き渡すよう要求した。

この通達を受けたコーター達は驚き困惑して釈明した。

自分達にセバスタの手柄を横取りするつもりなど毛頭ない。

自分達は『魔法樹の守人』の部隊を妨害するために派遣されたのだ。

そのように言って弁明したが、セバスタは全く聞き入れなかった。

「バカなことを言うな。『魔法樹の守人』の活動を妨害するのなら、我々がダンジョンを攻略するだけで事足りるだろうが！　同じギルドから二つの部隊が連携も取らずに同じダンジョンで活動するなど聞いたこともない。第一、他のギルドの活動を妨害しては違法行為となり、冒険者の掟(おきて)に反するではないか！　お前達の言っていることは何から何まで矛盾ばかりだ。我々を欺いて手柄を横取りしようとしているとしか思えない。もしこれ以上戯言をぬかすなら、即刻攻撃を加える！　同じギルドに所属しているからといって、容赦しないと思え！」

ロランとウィリクのギルド内の主導権争いや、現場の窮状を理解しないルキウスの無茶振りなど全く知りもしないセバスタには、『魔法樹の守人』と『金色の鷹』を巡る複雑な陰謀など思いもつかぬことであった。

結局、コーター達は助けてもらうどころか、帰還するのに必要なポーションだけ残されて、身ぐるみ剝がれ、その場に放置されてしまうのであった。

こうして『金色の鷹』が仲間内でゴタゴタしている間に、ロラン達は14階層へと辿り着いた。

ダンジョン内での順位は入れ替わり、ロラン達は攻略の先頭に立つことになった。

そのことに誰も気づかないまま。

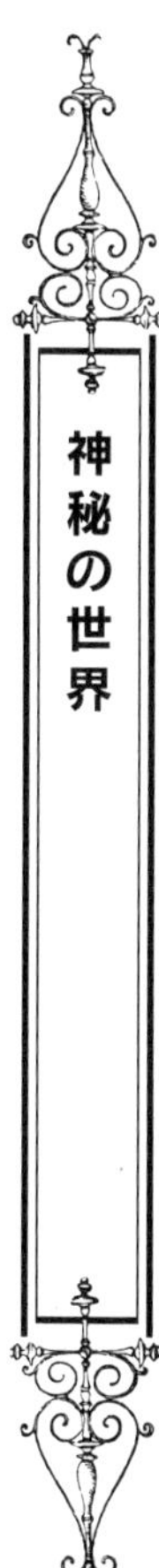

神秘の世界

ロラン達は見渡す限り銀世界の雪山を歩いていた。

（寒い……）

モニカは白い息を吐いて手を温めた。

『吹雪を吐くカバ（ブリザード・ヒポポタマス）』討伐クエストを見越して、ロランが用意してくれたコートとブーツ、手袋を装着しているものの、先ほどまで温暖だった気候から、突然、雪山に放り出された体はその温度差に悲鳴を上げていた。

「いたぞ！　『吹雪を吐くカバ（ブリザード・ヒポポタマス）』だ」

モニカの隣にいる戦士（ウオーリアー）が鋭く叫んだ。

俄（にわ）かに周りの兵士達が武器をガチャガチャと鳴らして戦闘準備に取り掛かり始める。

「今度こそ仕留めるぞ！」

山頂に佇（たたず）む『吹雪を吐くカバ（ブリザード・ヒポポタマス）』を認めた戦士（ウオーリアー）達は、剣を抜き、少しでも距離を詰めんと雪山を駆け上がって行く。

「急げ。敵が『凍（い）てつく息吹』を吐く前に少しでも距離を詰めるんだ！」

戦士（ウオーリアー）達は雪に脚を取られながらも勾配のある斜面を駆け足で登って行く。

接敵まであと少しといったところで、『吹雪を吐くカバ(ブリザード・ヒポポタマス)』はその大口を開け、口内から雪と氷、水の入り混じった息吹、『凍てつく息吹』を吐き出した。

「一旦停止して！　『広範囲回復魔法』！」

ユフィネが回復魔法の呪文を唱えて、『回復魔法の戦列』を展開させる。

視界を奪わんばかりの猛烈な雪と氷の嵐が襲いかかる。

さらに雪の中に潜んでいた雪男達(イエティ)が、現れて、冒険者達に襲いかかって来た。

間一髪のところで、冒険者達は魔法陣の上に立った。

『凍てつく息吹』が冒険者達の体力を奪い、雪男達(イエティ)が棍棒(こんぼう)で攻撃してくるが、すぐに回復魔法が体力を取り戻させる。

極限までの濃度に達した吹雪は冒険者達の体力を奪い、さらにホワイトアウトして視界まで奪った。

冒険者達は敵も味方も区別がつかない白い闇に囚われた。

一方で雪男達(イエティ)は的確に冒険者達に打撃を加える。

しばらく一方的に雪男(イエティ)と吹雪に嬲(なぶ)られていた部隊だが、そのうち吹雪が晴れていき、視界が良好になると反撃に転じた。

やがて雪男達(イエティ)を敗走させる。

しかしその頃には『吹雪を吐くカバ(ブリザード・ヒポポタマス)』は、短足にもかかわらず意外な俊敏さで戦域から離脱していた。

「くそっ。取り逃がしたか」

「また一からやり直しだな」

ここは14階層の雪原地帯。

ダンジョン内は基本的に緑生い茂る初夏の気候だったが、このようにこの場所だけ辺り一面雪景色になっているのは他でもない、『吹雪を吐くカバ（ブリザード・ヒポポタマス）』の仕業だった。

14階層に辿り着いたロラン達は『吹雪を吐くカバ（ブリザード・ヒポポタマス）』討伐クエストに挑戦していた。

『吹雪を吐くカバ（ブリザード・ヒポポタマス）』はその名の通り常に『凍てつく息吹』を吐いてくる厄介なモンスターだった。

『吹雪を吐くカバ（ブリザード・ヒポポタマス）』のいる場所は、そこがどんな場所であれ、あたり一面雪に覆われてしまう。

このモンスターの周囲では、寒さに強いモンスターしか生息できない。

『吹雪を吐くカバ（ブリザード・ヒポポタマス）』の『凍てつく息吹』の前には、鎧（よろい）も盾も無意味だった。

どれだけ硬い防具で身を固めていようとも、氷の息は冒険者達の肌に霜焼けをつくり、血管の機能を停止させ、やがては身体（からだ）中を壊死（えし）させてしまう。

しかも『吹雪を吐くカバ（ブリザード・ヒポポタマス）』の周りには、『凍てつく息吹』を食らっても何ともない雪男（イエティ）が常にいて、『吹雪を吐くカバ（ブリザード・ヒポポタマス）』を守っている。

雪男（イエティ）は鎧や剣こそ持っていないものの、分厚い体毛と筋骨隆々の体軀（たいく）、濃密な吹雪でも周囲を見渡せる目を持ち合わせている厄介なモンスターだった。

冒険者達は『凍てつく息吹』を受けながら、雪男（イエティ）と戦わなければならず、要するに常に回復する必要があった。

これが『吹雪を吐くカバ（ブリザード・ヒポポタマス）』討伐が治癒師（ヒーラー）用のクエストとされる所以（ゆえん）である。

そうして今、実際にロラン達の部隊は、『回復魔法の戦列』を頼りに、『吹雪を吐くカバ（ブリザード・ヒポポタマス）』を追い回していたが、中々勝負を決めることができずにいた。

雪男（イエティ）達を撃退するところまでは上手（うま）くいくのだが、そのうちに肝心の『吹雪を吐くカバ（ブリザード・ヒポポタマス）』には逃げられてしまう。

また雪男（イエティ）達は撃退されるものの、瀕死（ひんし）には至らず、体力を全て奪われる前に退却しては、雪山の至る場所にあらかじめ貯蔵しておいた木の実を掘り出し、回復してはまた立ち向かってくるということを繰り返していた。

ロラン達は敵のゲリラ戦に対して、決め手を欠き、ジワジワと体力を奪われ、アイテムを消耗していった。

しかして部隊は懸命に戦った。

モンスター達の執拗（しつよう）なヒットアンドアウェイ戦術にも動じることなく着実に敵をダンジョンの隅へと追い詰めていく。

『吹雪を吐くカバ（ブリザード・ヒポポタマス）』の吐いた『凍てつく息吹』と視界を遮る豪雪にもかかわらず、モニカの『鷹の目（ホークアイ）』で敵の奇襲を防ぎ、敵が向かって来る度にユフィネは『広範囲回復魔法』で部隊を回復して、着実に雪男（イエティ）達と『吹雪を吐くカバ（ブリザード・ヒポポタマス）』を追い詰めて行った。

部隊は『広範囲回復魔法』によって回復している間のみ、寒さから解放されて、まるで焚（た）き火（び）にあたっているかのように暖かく感じられた。

行軍中、部隊のメンバーは『広範囲回復魔法』の恩恵に預かりたくて、早くモンスターがかかってこないかと内心密（ひそ）かに望むくらいだった。

付近に生息する雪男（イエティ）を駆逐したロラン達は、ついに本丸の『吹雪を吐くカバ（ブリザード・ヒポポタマス）』を雪原の端っこにまで追い詰めた。

『吹雪を吐くカバ（ブリザード・ヒポポタマス）』は、これまでのものよりも一段と強い冷気を放つことで、部隊を牽制（けんせい）した。

部隊は『吹雪を吐くカバ（ブリザード・ヒポポタマス）』が冷気を吐いている間、ユフィネの『広範囲回復魔法』の魔法陣から抜け出せないほどだった。

「ぐっ。なんつー冷気だよ」

「前に進めねぇ」

『吹雪を吐くカバ（ブリザード・ヒポポタマス）』の激しい冷気を前に、白兵戦部隊の者達が思わず悪態をついた。

しかし、だからと言って弱音を吐く者はいない。

部隊が前進するのを止めることは決してなかった。

敵の攻撃に耐えつつ、『吹雪を吐くカバ（ブリザード・ヒポポタマス）』が冷気を吐くのを止める度に、雪を掻（か）き分けながら少しずつ敵に近づいて行く。

今もまた、何度目かのチャンスが訪れようとしていた。

『吹雪を吐くカバ（ブリザード・ヒポポタマス）』はその大口を一旦閉じて冷気を口の中に溜（た）めている。

すぐにまた氷の息が降り注いでくるだろうが、距離を詰めるまたとないチャンスだ。

モニカの射程距離に捕らえられれば、勝負を決めることができる。

しかし、そのためにはまずユフィネの『回復魔法の戦列』を展開しなければならない。

（もはや回復魔法なしで『凍てつく息吹』をまともに受けるのは危険だった）

「ユフィネ。回復魔法だ。戦列を前進させて」

ロランが指示を出すと、ユフィネは『広範囲回復魔法』を発動させる。

しかし魔法陣はてんでバラバラに散らばってしまう。

（チッ、またハズレか）

ロランは内心で舌打ちした。

ユフィネの回復魔法の命中率が低いのは相変わらずで、まともに戦列を形成できるのは3回に一度程度の確率だった。

先ほどからそのせいで勝機を逃し続けていると言えなくもなかった。

（やはりこの命中率の低さは、治癒師（ヒーラー）専門職としては物足りないな。とはいえ、戦列を敷かず後衛に直接攻撃されるのは怖い。成功するまでやり続けるしかない）

「ユフィネ。もう一度回復魔法を……ユフィネ？」

ユフィネは回復魔法が外れたにもかかわらず魔法を放ち続けていた。

（ユフィネ？　一体何を）

そうこうしているうちに『吹雪を吐くカバ（ブリザード・ヒポポタマス）』は冷気を吐き出そうとしている。

モタモタしていれば部隊は壊滅的なダメージに見舞われるだろう。

「ユフィネ。どうした？　早くしないと……」

「ロランさん。私……、魔法陣が……」

ロランはユフィネにそう言われてハッとした。

彼女の魔法陣はその場に留（とど）まらず動いていた。

（魔法陣が動いている？　魔法陣は一度発動させるとその場所からは動かせないはずなのになぜ？　まさか！）

ロランはユフィネのスキルを鑑定した。

彼女の『広範囲回復魔法』はAになっていた。

（魔法陣を自在に動かせる。これが『広範囲回復魔法』のAレベルなのか？）

彼女は展開した魔法陣を自在に動かせるようになっていた。

回復魔法を発動させ続けるというロランの考案した戦術は、彼女の命中率の低さを補うだけでなく、偶然にも真の力を目覚めさせるきっかけにもなったのだ。

てんでバラバラな位置で発動していた円形の魔法陣は、彼女の操作によって数珠状に繋がっていき、戦列を形成していく。

そればかりか『吹雪を吐くカバ』の位置している場所に向かって魔法陣の道を作る。

『吹雪を吐くカバ』は大口を開けて、口一杯に溜め込んだ冷気を吐き出す。

「モニカ！『一撃必殺』を！」

「はい！」

ロランとモニカはそのやり取りだけで、意思疎通した。

モニカは吹き荒ぶ冷気をものともせず、魔法陣の道を駆け抜けて、『吹雪を吐くカバ』に至近距離から『一撃必殺』を撃ち込んだ。

『吹雪を吐くカバ』は氷のように砕けて、バラバラになった。

ユフィネの手元には、『吹雪を吐くカバ』の水色の牙、アイテム『冷気の象牙』が独りでにやって来る。

（よし。これでユフィネもBクラスになった）

ロランは改めてモニカ、シャクマ、ユフィネの3人を見た。

（あとはAクラス用のクエストを攻略すれば彼女達は成長限界。僕の任務は完了……か）

『吹雪を吐くカバ（ブリザード・ヒポポタマス）』を攻略したロラン達は、モニカの『鷹の目（ホークアイ）』を駆使して体力回復アイテムを拾いつつ、最短距離で15階層に到達した。

15階層は休憩地点（セーブポイント）だった。

「よし。それじゃあ、各班、報告してくれ」

ロランがそう呼びかけると、各班報告を始める。

「2班、問題ありません」

「3班、問題ありません」

「4班、ポーションが足りません。余っている班から回してください」

「5班、魔力を回復するので少し待ってください」

ユフィネが『マジックチェリー』を取り出しながら言った。

「消耗も少ないし、アイテムも万全です」

「まさか帰還するなんて言わないでしょうね？」

「ロランさん。私達まだまだ探索できますよ」

モニカとシャクマはまだやれるということを示すように両拳を前に出してファイティングポーズをしてみせた。

ロランは部隊の消耗の低さに苦笑した。

（10階層以降だって言うのに、大して問題なし……か。それもそうだ。モニカの『鷹の目』にシャクマの支援魔法、ユフィネの回復魔法があれば、どんなダンジョンだってクリアできる）

「そうだね。まだ探索できる」

（でも……、ここまでだな）

「みんな聞いてくれ」

ロランが呼びかけると全員注目した。

「ここまでよくやってくれた。次からはいよいよ、16階層以降『神域』だ。とはいえ、恐れることはない。この部隊にはAクラス弓使いがいる。シャクマとユフィネもすでにAクラス相当の実力があると見ていいだろう。それ以外のメンバーもBクラスに匹敵する精鋭揃い。『神域』に住むモンスターといえども君達の敵ではないはずだ」

部隊のメンバーは一様に満足した表情を浮かべ、喜色に包まれる。

「今回はダンジョンの攻略は難しいかもしれない。従来の攻略ペースに鑑みれば、そろそろ、『金色の鷹』の主力第一部隊、セバスタ隊がダンジョンの最深部に到達している頃だ。やがて、このダンジョンは『金色の鷹』以外の者は立ち入りが禁止される。しかし、時間はまだある。今のうちに君達は進めるだけ進んで、クエストを攻略し、ダンジョンの最深部までできるだけ近づいて欲しい」

（君達は？）

　モニカはロランの引っかかる言い回しに敏感に反応した。

「モニカ、シャクマ、ユフィネ。これを……」

　3人はロランから配布されたクエスト情報を受け取る。

「これが君達の目指すべきクエストだ。『金色の鷹』によってダンジョンが攻略される前に可能な限りクリアしてくれ」

「ロランさん……。ロランさんは一緒に来てくれないんですか？」

　モニカが心細そうに言った。

　ロランは悲しげに首を振った。

「僕のスキルとステータス、そして装備ではここが限界なんだよ。実のところ、もはや君達についていくだけで精一杯なんだ」

　ロランは諦めの表情を浮かべながら笑った。

　部隊のメンバーはみんなBクラス相当の装備を身につけているというのに、ロランはいまだにDクラス相当の装備だった。

　鑑定スキルに特化することを決めたロランにとって、ダンジョンの最深部まで到達するなんてことは、とうの昔に諦めた夢だった。

「これ以上僕がついていけば君達の足を引っ張ることになってしまう。それに、やがて教え子は指導者の手から離れて巣立っていくものだ」

ロランは寂しげに言った。

「もう君達は僕がいなくてもダンジョンを探索できるはずだ。いや、むしろ独り立ちさせるのが遅すぎたかもしれない。久しぶりに冒険者の指導を任せられて嬉しくて、ついついのめり込んでしまったみたいだ」

ロランはフッと悲しげな表情を見せた。

（ロランさん……）

モニカはそのロランの表情から彼の背後にある悲しげな背景と過去、以前した辛い体験をそこはかとなく察した。

そしてその傷がまだ癒えていないことも。

おそらく彼は自分には想像もできないような苦難を経験してきたに違いない。

モニカは胸が詰まる思いだった。

どうにかしてロランの悲しみや苦しみを自分も共有したかった。

彼の支えになりたかったが、それができないのがもどかしかった。

ロランはモニカが泣きそうな顔をしているのを見て、不思議そうにキョトンとした。

「モニカ、どうしたんだい、そんな顔をして」

「ロランさん……私は……、私はロランさんが……、ロランさんの側にいられなくて」

「ちょっとの間、離れるだけじゃないか。ダンジョンが攻略されればやがてまた会えるよ」

「違うんです。私は……私が言いたいのは、そういうことじゃなくて……」

「さ、前を向いて。君はエースなんだからしっかりしなきゃ。ここから先は並みの冒険者では一生かけても辿（たど）り着けない場所だよ。君にとっても夢だったはずだ。そして今、君は夢の扉を開くその資格を持っている。胸を張って進まなくちゃいけないよ」

「うう。ハイ」

ロランはモニカを抱きしめて元気付けた。

シャクマとユフィネ、他の者達にも一通り言葉をかけておく。

「モニカ、シャクマ、ユフィネ。これからは君達がこの部隊の指揮官だ。３人でよく相談してダンジョンを進むんだよ。それじゃ」

ロランはそれだけ言うと『帰還の魔法陣』の上に乗った。

「ロランさーん。また会う日までー」

シャクマは大げさに手を振ってロランを見送った。

ロランも手を振り返す。

やがてロランの周りを光が包み込んだ。

魔法陣はロランを街へと運んで行く。

モニカは伝えられなかった思いを胸に残しながらも、気を取り直して、16階層へと向かう転移魔法陣に向き直る。

ユフィネは食べ終わった『マジックチェリー』の房をピンと指で弾いて捨てた。

『マジックチェリー』の房は床にポトリと落ちる。

「よし。魔力の回復完了！　いつでもいいわよ」

ユフィネが辛気臭さを振り払うようなカラッとした調子で言った。

彼女はこのような場面にあっても感情を表に出さず、ドライな一面を保っていた。

準備を整えた部隊は16階層へと行く転移魔法陣の上に陣取った。

16階層への転移を前にして、部隊のメンバーはワクワクを抑えきれなかった。

「16階層だぜ」

「ああ」

「なあ、お前16階層まで行ったことあるか？」

「いや、これが初めてだ」

彼らは迫り来る新たな冒険の扉を前にして、待ちきれない様子で言った。

部隊が転移魔法陣を潜り抜けた先にあったのは、神秘的な世界だった。

茂る木々、生えている植物、ぶら下がっている果実はいずれも宝石のように光沢を放っていた。

生き物も植物も地面も空気もぼんやりと白く発光している。

この場所に輝いていないものなど何もなかった。

（……キレイ）

モニカはその余りにも美しい世界に息を呑んだ。

もはやそこには普通のモンスターはいない。

そこに住むことが許されているのは神々の使いとされる神獣と呼ばれるモンスター達だけであった。

モニカは魔法陣の外へと一歩出て、16階層へと踏み出した。

彼女は今、間違いなく自分の足で『神域』を冒険しようとしていた。


モニカ達が16階層に踏み出してから、数時間後、コーターの部隊からアイテムを奪い取ったセバスタ達も15階層へと辿り着いた。

「やれやれ。コーター達のせいで無駄に時間を使ってしまったわい」

セバスタは憤懣やるかたないといった様子で、肩をいからせながら休憩地点の部屋を横切った。

「しかし、解せませんね。彼らはあんなところで一体何をしていたのでしょう。あんな脆に」

弱(じゃく)な部隊と装備で10階層以降を探索できないことなど、彼らでも分かっていたでしょう

セバスタの副官が不思議そうに言った。

「ふん。大方、我々を出し抜けると思い、欲張って自分の力量を見誤ったのだろうよ。愚かな奴(やつ)らだ」

「ふむ。まあ、そういうことですかね」

「コーター達(たち)のことなんざどうでもいい。それよりもこれからのことだ」

セバスタは噴水の縁(ふち)にどかっと腰を下ろして、部隊を睥睨(へいげい)した。

「これよりいよいよ16階層『神域』に突入するぞ。お前達も気合を入れなおせ。差し当たっては、各班消耗度合いを……」

「隊長！　隊長！　大変です！」

「なんだいきなり。血相を変えて。少しは落ち着かんか」

セバスタは副官の一人が慌てて進み出てきたのを見て顔をしかめた。

「これを見てください」

副官は手に持った細い茎のようなものをセバスタの眼前に指し示して見せる。

「これは……」

「『マジックチェリー』の房だと思われます」

「……なんだと？」

「我々はここで『マジックチェリー』を消費したりしていない。つまり……」

「我々以外の誰かがここに辿り着いたということです」

セバスタの顔が険しくなる。

「バカな。我々以外の一体誰がこの階層に？」

「落ち着け。『アイテム鑑定』で割り出すんだ」

セバスタ部隊の中で『アイテム鑑定』のスキルを持つ者が、『マジックチェリー』の房を鑑定する。

彼の脳裏にはユフィネが『マジックチェリー』の房を床に捨てる様子がありありと映し出された。

そして彼女の服の胸元に刻まれた『魔法樹の守人』の紋章も。

「どうだ？　何か分かったか？」

「ええ、はっきりと分かりましたよ、隊長。この『マジックチェリー』の房をここに捨てた人物。その人物は『魔法樹の守人』に所属する冒険者です」

「おのれ！　謀りおったな！」

セバスタはカッと目を見開いて、弾かれたように立ち上がった。

彼愛用の斧を引っ摑んで部隊全員に檄を飛ばした。

「『魔法樹の守人』め。卑劣な真似をしおって。全員武器を持て。今すぐ奴らを追うぞ」

(我々を出し抜いた罪、その身をもって贖ってもらうぞ!)

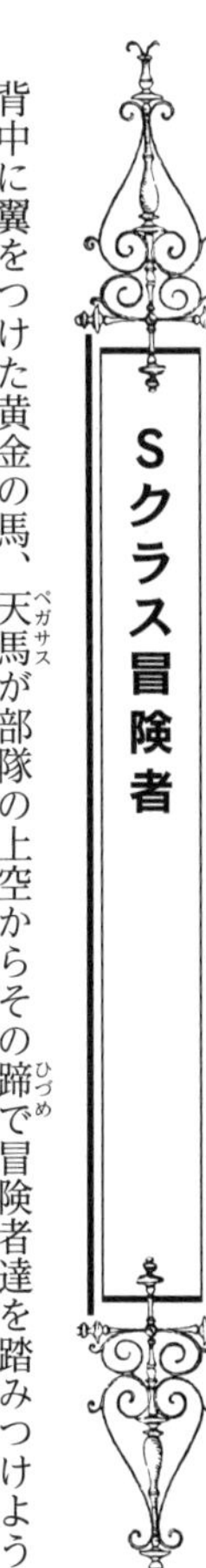

Sクラス冒険者

背中に翼をつけた黄金の馬、天馬（ペガサス）が部隊の上空からその蹄（ひづめ）で冒険者達を踏みつけようとする。

モニカは矢を放つが、放たれた矢は天馬（ペガサス）の魔法で燃え尽きてしまう。

すかさず、モニカは銀製の特注の矢を放った。

今度は燃やされることなく、足に突き刺さったが、一撃で仕留めるには至らない。

ペガサスは森の茂みの中に逃げて行く。

回復魔法を使えるので、傷が癒え次第、またすぐにやってくるだろう。

「ハアハア。くっ」

モニカは肩で息をするが、休んでいる暇はなかった。

すぐに視点を『鷹の目（ホークアイ）』に切り替えて、次の敵に備える。

すぐに右側の森にケンタウロスの一団が見える。

「敵襲！　右からケンタウロスの部隊が来ます。白兵戦部隊の人達は急いで備えてください」

「なに!?　まだ来るのか？」

「こっちは前の敵に対処するので精一杯だっつーの！」

白兵戦部隊の者達から悪態が飛んで来る。

彼らは前方のキマイラの群れに対処するので精一杯だった。

（くっ、どうすれば）

「モニカ。新手には後衛だけで対処しましょう。撃退するのは無理だとしても、足止めくらいはできるはず」

「っ、分かった」

モニカとシャクマは弓使い（アーチャー）と攻撃魔導師の部隊を引き連れて側面の敵を牽制（けんせい）に向かった。

幸い、今回は敵がこちらの接近に気づく前に爆炎魔法と矢を浴びせられたので、ケンタウロスの一団は前進をやめた。

しかし、完全に退却したりはせず、木や茂みの影に隠れて攻撃のチャンスを窺（うかが）っている。

（牽制には成功。でも撤退はしてくれないか……）

モニカは『鷹の目（ホークアイ）』で白兵戦部隊の方を見る。

幸い、白兵戦部隊の方はキマイラをもう少しで片付けることができそうだった。

「シャクマ、白兵戦部隊の方はもう少しで終わるみたい。もう牽制の必要はなさそう」

モニカがシャクマに耳打ちした。

「分かりました。では前衛部隊と合流しましょう」

シャクマが『幻影魔法』で霧を発生させ、ケンタウロスの行く手を阻んだ後、一同は急いで前衛部隊と合流した。

そうこうしているうちに、モニカの『鷹の目(ホークアイ)』がまた新手を捉えた。

「！　シャクマ、また新手が来てる。今度は部隊の後ろから！」

「くっ、次々に新手が来ますね」

シャクマ達は前衛部隊と合流するや否や、すぐに出発する命令を出した。

部隊は息つく暇もなく新手の敵をかわすべく走り出した。

（これが16階層『神域』。一瞬たりとも油断できない）

モニカはこれまでと一味違うレベルの敵に唇を噛(か)み締める。

先ほどから、モンスターをほとんど倒すことができず、凌(しの)ぐだけで精一杯だった。

苦戦の原因は、『神域』のモンスターの強さだけではない。

モニカ達はロランの抜けた穴の大きさを身にしみて感じていた。

戦闘員としては使い物にならなくとも、素早い判断、気の利いたフォロー、一歩目の動き、大局観、士気の高揚、そして何よりも経験値の高さに裏打ちされた安心感は絶大だった。

これらがなくなった今、部隊の判断力と連携の精度は鈍くなる一方だった。

「流石(さすが)に『神域』ともなると敵の強靭(きょうじん)さも桁違いですね」

シャクマが言った。

「ねぇ。それにしてもさっきから妙にモンスターの圧力が強くない？」

ユフィネが怪訝(けげん)そうに言った。

「それは『神域』だからじゃ……」

モニカが言った。

「それにしてもエンカウト率が高すぎると思うの」

「言われてみれば確かに。倒しても倒してもモンスターが現れますね」

「ねぇ、もしかして私達、攻略の先頭に来ちゃったんじゃないの？」

「えっ？　それじゃあ……」

「このまま進めば、『金色の鷹(たか)』よりも先にこのダンジョンの最深部に到達しちゃうかも」

その時、モニカの『鷹の目(ホークアイ)』が、自分達の後ろ数キロメートルを別の部隊が行進しているのを捉えた。

（前衛から後衛まで全ての人間が鎧兜(よろいかぶと)を装備した重武装の部隊。あれは……『金色の鷹』第二の主力部隊、セバスタ隊!?）

「モニカ、どうしたの？」

「セバスタ隊が……後ろに……」

「セバスタ隊!?」

「『金色の鷹』の主力部隊じゃないですか！」

「じゃあ、やっぱり。私達、今、先頭なんだわ」

「どうします？　我々の目的はダンジョン攻略ではありませんよ」

「さっきからエンカウントが多すぎるし、できることなら先頭を譲りたいところだけれど……そうも言ってられないようね」

ユフィネがチラリと森の茂みの方を見る。

森からはまたもやケンタウロスの一団が出て来た。

「進み続けるしかないわ」

モニカ達は『金色の鷹』に追われるプレッシャーを感じながら、ダンジョンの探索を進めることになった。

（さっきから、決して暑くないのに汗が止まらない。決して寒くないのに鳥肌が止まらない。これが攻略先頭組のプレッシャーなの？）

モニカは唇を噛み締めた。

心臓の鼓動はかつてないほど速くなっていた。

襲いかかってくる神獣達も手強かったが、それよりも後ろからひしひしと迫り来るセバスタ隊のプレッシャーの方がはるかに強かった。

後ろから追いかけられることが、こんなにも恐いことだったとは。

それに気のせいだろうか。
モニカは背後から殺気のようなものを感じていた。
気にしすぎかもしれないが、それくらいセバスタ達の進み方は荒々しかった。
モニカは進みながら頻繁に『鷹の目』でセバスタ達の位置をチェックした。
(また、少し近づいてきてる……)
モニカは心臓がキュッと締め付けられたような、そんな気持ちになった。
「モニカ。分かれ道が見えます。どちらに進めばいいのでしょう?」
シャクマが聞いてきた。
「……右に行きましょう」
モニカはついつい目的地に向かうよりも、障害の少ない道を選んでしまった。
(速く。もっと速く前に進まないと)
「急いで進みましょう。皆さん走ってください」
部隊は彼女の指示に忠実に、その行軍スピードを速めて進んだ。
その様子からモニカは、自分以外の者も同じように感じていることを悟った。
背後から嫌な予感が近づいてきている。
しかし、17階層をある程度進んでいると、突然モンスターの気配がピタリと止む。
(なに? 今度は一体なんなの?)

モニカは昂ぶっているにもかかわらず奇妙に冷めている頭で考えた。

『鷹の目』で周辺を探ってみるが、辺りは靄に包まれたように霞んでいてはっきりしない。

「これは……？」

「敵の気配が消えましたね」

モニカに遅れること数十秒、シャクマとユフィネも異常事態に気づいたようだった。

「ねぇ。モニカ。『鷹の目』で何か見えないの？」

「分からない。見えないの。何も見えないのよ！」

モニカは少しパニックになりながら言った。

先ほどから緊張で張り詰めすぎていて、ギリギリの精神状態だった。

「ほぉ。『魔法樹の守人』か。珍しいこともあるもんだな」

モニカ達は突然聞こえてきた男の声にギクリとした。

振り向くとそこには黒装束に長剣を1本だけ背負った男が座っていた。

「てっきり今回も『金色の鷹』が攻略一番手だと思っていたが。珍しいこともあるもんだな」

モニカは狐につままれたような気持ちで男を見た。

（何この人。人間？　たった一人でどうやって『神域』まで……）

「あの、あなたは……」

「俺はギルド『三日月の騎士』に所属する剣士、ユガンだ」

「ユガン!? ユガンっていうと、まさかあのユガンさんですか?」

「シャクマ、知ってるの?」

「知っているも何も、この人はSクラス冒険者のユガンさんですよ」

「Sクラス!?」

「その通り。いかにも俺はSクラス冒険者のユガンだ」

男はニッと不敵な笑みを浮かべながら、立ち上がってモニカ達に近づいて来る。

(この人がSクラス冒険者。ソロプレイでダンジョンの最深部まで到達できる人。私達は30人で編成に多大な工夫をしてようやくここまで来たっていうのに……、この人は剣1本でここまで来たんだ)

モニカは先ほどのパニック寸前状態も忘れて、目の前のSクラス冒険者をマジマジと観察した。

なるほど確かに一見細身だが、その挙動には一切スキがなく、身につけている装束と長剣からは、途轍もない魔力を感じる。

モニカは、自分がどれだけ努力しても彼を超えることはできないだろう、と感じた。

「Sクラス冒険者がなぜこんなところに?」

シャクマが聞いた。

「このダンジョンで『甲羅を着た竜(タートル・ドラゴン)』が出るっていう噂(うわさ)を聞いてな。確かな筋の情報なんではるばるこの街までやってきたが、噂に間違いはなかったようだ」

ユガンは道の先にある小高い丘、白い靄で包まれて見えない場所を親指で示してみせる。

「この先にいたぜ。ダンジョンのボスとしてな」

「ダンジョンのボス!?」

「じゃあ、ここはダンジョンの最深部ということですか?」

部隊の人間達がざわめいた。

いよいよ自分達はボスのいる場所まで辿(たど)り着いてしまったのだ。

(私達、いつの間にか最深部まで辿り着いちゃったんだ)

モニカはこの事実をどう受け止めて良いか分からず、しばし呆然(ぼうぜん)とした。

「本来なら自分一人で攻略するんだが……」

ユガンは苦々しい顔をした。

「一緒にいる『戦象(バトル・エレファント)』が邪魔でな。1人で攻略するにはちと厳しい。そこで提案なんだが、ここは手を組まないか?」

「手を組む?」

「お前達の部隊に入ってやるよ」

「!?」

「共同戦線を組んで、この先にいるボスを一緒に倒すんだ。ダンジョンの経営権はお前ら『魔法樹の守人』に譲ってやる。その代わりモンスターからドロップされたアイテムは全て俺がもらう。どうだ？　悪い話じゃないと思うんだがな」

モニカ達は互いに顔を見合わせた。

その表情にははっきりと困惑の色が浮かんでいる。

ユガンはモニカ達の部隊に目を走らせる。

「お前らのパーティーを見る限り……、お、ちょうど29人じゃん。部隊の最大人数である30人にちょうど1人足りない。こりゃあいい。揉める必要がなくて好都合だぜ」

ユガンはそう言いながら、モニカ達の部隊の編成を見て内心首を傾げた。

（なんだ？　こいつらの部隊。やたら盾持ちが多いな。後衛が攻撃の中心なんだろうが、それにしても偏りすぎだろ。それにこいつらの顔ぶれ。『魔法樹の守人』って言うから、てっきりリリアンヌの部隊かと思ったが……、見ない顔ばかりじゃねぇか。新規に設立された部隊か？）

ユガンは訝しむもののニッと不敵な笑みを浮かべる。

（ま、俺にとってはかえって好都合か）

モニカ達はお互いに顔を見合わせた。

3人の顔からは迷いの感情が見て取れる。

「言っとくけどボスは手強いぜ。Sクラス冒険者の俺でも単体での攻略はちと厳しい。見たところ、お前らの部隊も盾隊が多くて防御力は高そうだが、攻撃には不安があるんじゃないのか？　ボスに挑むなら俺をメンバーに加えた方が得策だと思うけどな」

「あの、実は私達ダンジョン攻略が目的ではないんです」

「あん？　なんだそりゃ」

「私達は自分達のスキルと冒険者ランクを上げることが目的で……この階層ではそれぞれ冒険者ランクを上げるためのクエストに挑戦しようと思っていたところなんです」

「はぁ？　なんだよそれ。ここまで来て冒険者のクラスを上げることが目的だぁ？」

「はい。私達を指導している人の指示で……、鑑定士の方なのですが……」

「鑑定士って、お前……」

　ユガンは呆(あき)れ返ったように言った。

（こいつらマジかよ。ダンジョンの最深部まで来るレベルの奴(やつ)らが鑑定士にお伺いを立てるだぁ？　よくここまで来られたなこいつら。ぺーぺーの新人でもあるまいし。いや……新人……なのか？）

　ユガンが見たところ、白兵戦部隊の者達の中にはベテランの者も混じっているが、モニカとユフィネはよく見るとまだ一〇代特有の初々しさが残っていた。

　シャクマに至っては養成所の生徒（一〇代半ば相当）に見えた。

（とはいえ、俺としてはどうにかこうにかこいつらを説得して、ボスに挑ませる気を起こさせなきゃいけないわけだが……、難儀なもんだな）

ユガンは思わぬ難題に顔をしかめる。

彼はここ数年ずっとソロプレイヤーとしてやってきたので、交渉ならともかく、このようにコンセンサスを得る作業は得意ではなかった。

その時、突然、背後から怒声と雄叫び、金属の打ち鳴らす戦闘の音が聞こえた。

「今度は何？」

ユフィネが後ろを向くと、『人面ライオン』の群れと戦っているセバスタ隊が見えた。

見るも荒々しくこっちに向かって来ている。

その様子から怒り狂っているのは誰の目にも明らかだった。

「あれは！　セバスタ隊！」

「あの……、なんかあの人達怒っていませんか？」

シャクマが目を細めながら言った。

「あーあ。あいつら手柄を横取りされたと思って怒り狂ってんぜ」

ユガンが他人事のように言った。

「横取り？」

「自分達の狙っていたダンジョン攻略、まんまと先を越されたと思ってるんだよ。このままじゃ、戦闘になるかもな」

「そんな。私達は別にそんなつもりじゃ……」

「戦闘って……。いくらダンジョンの中だからと言って、冒険者同士の刃傷沙汰は御法度ですよ」

シャクマが仰天して言った。

「あいつらにそれが通じりゃあいいんだけどな」

ユガンは両腕を頭の後ろにやってやれやれという態度をとった。

「セバスタは筋金入りの脳筋単細胞で有名だぜ。こっちの姿を見た途端、攻撃してくることまであり得る」

セバスタ達もモニカ達の存在を認めた。

「隊長！　あそこに我々以外の部隊が！」

「見えている！　突撃隊形をとれ！　敵の準備が整う前に先制攻撃を仕掛けるのだ」

モニカ達に動揺が走る。

「ちょっとどうすんのよ。あいつら突撃隊形になってるわよ」

ユフィネが狼狽えたように言った。

「あいつらと戦うか。ボスと戦うか。2つに1つだな」

ユガンが愉快そうに言った。

「なんだぁ。あいつら。やるってのか。上等だ！」

「来るなら来い！　相手になってやる」

戦士(ウォーリアー)の2人が血気盛んに言った。

何人かが同調する気配を見せる。

「おいおい、お前らここでやる気か？　勘弁してくれよ。面倒ごとはゴメンだぜ」

ユガンが面倒くさそうに言った。

「ねえ。もうダンジョンを攻略しちゃいましょうよ」

ユフィネが言った。

「あいつら戦う気満々のようだし。仮に法廷の場で勝ったとしても、重傷を負うようじゃ割に合わないわ。そんならいっそ、ダンジョンをクリアして、経営権取得して、あいつらをここから追い出しましょうよ」

「確かに。それが最善策のように思えますね」

シャクマが同意した。

2人はモニカの方を見る。

「う、分かったわ。2人がそう言うなら……」

モニカはユガンの方に向き直る。

「ユガンさん。私達(たち)と契約を結んでいただけませんか？」

「そうこなくっちゃな」

ユガンは破顔一笑した。

「ボスを倒したことで得られるドロップアイテムは俺がいただく……、ということでいいんだな？」

「はい。代わりに私達は経営権をいただきます」

「オーケー。契約成立だ」

モニカとユガンはお互いの衣服に付いているギルドの紋章を交換した。

冒険者同士で結ぶ略式の契約様式である。

「ボスはこの靄（もや）の先だ。俺について来い！」

ユガンは靄に向かって駆け出した。

モニカ達も慌ててユガンのあとについて行く。

（クク。ボス戦に入ればこっちのもんだ。契約なんざ後でいくらでも変えられるさ）

ユガンは不敵な笑みを浮かべた。

モニカ達の方からその表情は見えない。

やがて部隊の人間は全て靄の中に入って行く。

すると先ほどまでモニカ達のいたところも、まるで扉が閉まるかのように、深い靄に包まれて、閉ざされる。

その後、セバスタ達もモニカ達を追って靄の中に突っ込んだが、どういうわけか方向感覚が狂わされ、いくらまっすぐ靄の中を進んでも元いた場所に戻されてしまうのであった。

靄に向かって進んだモニカ達は、いつの間にか列柱の立ち並ぶ広く長い回廊に立っていた。

列柱の間から差し込む光は、血のように真っ赤な夕陽。

天井はなく列柱は空に向かってどこまでも伸びている。

列柱の隙間からはこれまで冒険してきたダンジョンのステージが垣間見える。

ここから見ればダンジョンの各階層が重層的に成り立っているのが一目瞭然で、なるほどこういう構造になっていたのかと納得できる景色だった。

しかしそのような景色に見とれている暇はなかった。

回廊の奥には玉座があり、その手前には、玉座を守るかのように11の魔法陣が描かれている。

背後には先ほど通り抜けた靄がかかっている。

回廊の奥にある魔法陣が強い輝きを放つ。

もうすぐボスが現れることを示していた。

「来るぞ!」

ユガンが短く叫んだ。

魔法陣がひときわ強く輝き、10頭の『戦象（バトル・エレファント）』が召喚される。

『戦象（バトル・エレファント）』はすぐ様走り出した。

鼻の両脇に付けた鋭い槍（やり）を冒険者達の方に向けて、突っ込んで来る。

『戦象（バトル・エレファント）』の背後、一際（ひときわ）直径の長い魔法陣からは『甲羅を着た竜（タートル・ドラゴン）』が現れる。

ユガンは駆け出した。

「ユガンさん!?」

「『甲羅を着た竜（タートル・ドラゴン）』は俺がやる！　お前らは『戦象（バトル・エレファント）』を頼む」

（ま、大して期待してないけどな）

『戦象（バトル・エレファント）』達がモニカ達に引きつけられている隙に『甲羅を着た竜（タートル・ドラゴン）』を倒す。

そして『戦象（バトル・エレファント）』に手こずっているモニカ達を助けて、より多い報酬を引き出す、というのがユガンの目論見（もくろみ）だった。

（アイテムもダンジョンの経営権もこの俺がいただくぜ！）

ユガンは助走をつけ跳躍し、軽々と『戦象（バトル・エレファント）』の頭上より高く跳んだ。

跳び箱のように『戦象（バトル・エレファント）』の背中に手をついて、通り越していく。

走り出すとなかなか止まれない『戦象（バトル・エレファント）』は、そのままユガンをやり過ごし、モニカ達の方に突っ込んで行く。

モニカ達は戦列を組んで対抗した。

『戦象（バトル・エレファント）』は戦列などものともせず、その重量にモノを言わせ盾隊の者達を吹き飛ばし、部隊を蹂躙（じゅうりん）していく。

ユガンは『甲羅を着た竜（タートル・ドラゴン）』に向かって駆けて行きながら、モニカ達の方を尻目に見ていた。

（あーあ。『戦象（バトル・エレファント）』に対してバカ正直に戦列を組むなんて。なってねーな、戦い方がよ）

ユガンはモニカ達の戦い方の拙さに、他人事ながら、目を覆いたくなる気分だった。

モニカ達のいた場所からはもうもうと粉塵（ふんじん）が立ち込めている。

今頃、彼女らは『戦象（バトル・エレファント）』によって1人ずつ踏み潰されているに違いなかった。

（こりゃチンタラしてる場合じゃねぇな。『戦象（バトル・エレファント）』も俺が倒すとなれば、さっさと『甲羅を着た竜（タートル・ドラゴン）』を倒しちまわねーと）

そんなことを考えているうちに、ユガンに向かって刃物のついた尻尾が打ち下ろされる。

『甲羅を着た竜（タートル・ドラゴン）』の尻尾だった。

ユガンは自身の何倍もの体重を誇るモンスターの一撃にもかかわらず、細い長剣であっさりと受け止め、そればかりか弾（はじ）き返す。

再び繰り出される、剣付き尻尾による攻撃もまるで通常の組み打ちのように捌（さば）いて、間合いに入り込み、『甲羅を着た竜（タートル・ドラゴン）』の首に斬りかかった。

『甲羅を着た竜（タートル・ドラゴン）』は咄嗟（とっさ）に首を引っ込めて甲羅の中に収まる。

ユガンの剣は甲羅をわずかに刻むだけに終わった。

『甲羅を着た竜（タートル・ドラゴン）』はそのまま回転して、至近距離に来たユガンを甲羅の重みと回転力で潰してしまおうとする。

しかしそれすらもユガンはあっさりと剣で弾き飛ばした。

『甲羅を着た竜（タートル・ドラゴン）』は吹き飛んで、列柱の1つに激突した。

列柱は崩れて、辺り一帯に砂煙が巻き起こる。

しかし『甲羅を着た竜（タートル・ドラゴン）』自体はひょこっと首を出して平気そうにしている。

大したダメージはないようだった。

（チッ、これだ。『甲羅を着た竜（タートル・ドラゴン）』はこの防御力の高さが厄介なんだ。時間さえかければ間違いなく倒せるが、急がねーと。流石（さすが）にこいつを相手しながら『戦象（バトル・エレファント）』の突進に対応するのは骨が折れるぜ。あいつらの方はどうなってる？）

ユガンは『甲羅を着た竜（タートル・ドラゴン）』から注意をそらさないようにしつつ、横目でモニカ達の方向を見て、目を見張った。

そこには信じられない光景が広がっていた。

『戦象（バトル・エレファント）』を倒すまでには至らなくともせめて時間稼ぎくらいはして欲しいと期待して

いたユガンだが、彼の目に映ったのは、無傷で戦い続けている部隊の姿と、倒れている2頭の『戦象（バトル・エレファント）』だった。

（バカな……。『戦象（バトル・エレファント）』の突進を受けて無傷!? それどころかこの短時間で『戦象（バトル・エレファント）』を2頭も仕留めただと? 一体どうやって……?）

ユガンは降りかかって来る『甲羅を着た竜（タートル・ドラゴン）』の鋭利な尻尾をいなしながらモニカ達の観察を続ける。

『戦象（バトル・エレファント）』達は再び隊列を組んで突撃をかけようとしていた。

盾隊の者達も密集してブロックを組む。

縦に長いブロックで1頭に対し、複数で当たれるようにしていた。

「ユフィネを守れ! 彼女さえ守れば、どれだけダメージを受けようとも、我々は何度でも立ち上がれる!」

盾隊の男の1人がそう叫んだ。

盾隊は『戦象（バトル・エレファント）』の突撃を受け、吹き飛ばされながらもユフィネの方に行かないようにその進行方向を変えることには成功する。

（今の私は、戦列が崩れても自在に回復させることができる!）

ユフィネは杖（つえ）を操って魔法陣を動かす。

すでに回復魔法は発動されていた。

ユフィネの操作の下、吹き飛ばされた者の下にあった魔法陣は、吹き飛ばされた者を追いかけて、回復させる。

そうして部隊は反撃のチャンスを待った。

(移動する魔法陣……だと!?)

ユガンは驚愕(きょうがく)に目を見開く。

『戦　象(バトル・エレファント)』は回廊の端まで行くと、再び回頭して、突撃しようとする。

彼らは攻撃力・防御力・体力が高い代わりにこのようにワンパターンな攻撃を続ける以外に能がなかった。

「もらった！」

体の方向を転換しているその隙だらけの好機に、攻撃魔導師が爆炎を撃ち込んだ。

1匹のバトル・エレファントが悲鳴を上げながら、足踏みする。

その隙にモニカが『一撃必殺』でまた1匹仕留める。

『戦　象(バトル・エレファント)』達は再び突っ込んで来るが、またも盾隊の巧みなブロックによっていなされて、その牙を後衛にまで食い込ませることができない。

そうこうしているうちにシャクマは『戦　象(バトル・エレファント)』の被害にさらされず、かつ回廊全体を射程に捉えられる絶好の射撃ポイントを見つけた。

(あそこだ！)

シャクマは列柱の間、そして倒れた『戦象(バトル・エレファント)』の後ろにある空間に潜り込み、『地殻魔法』で堡塁(ほうるい)を築いた。

みるみるうちに高台が形作られていく。

「モニカ！　オーケーですよ」

シャクマがそう言うと、モニカは階段を駆け上がって、高台の上に立つ。

モニカは高台の上から回廊を見渡してみた。

(回廊全体を隈(くま)なく見渡せる。さすがシャクマ。絶好の射撃ポイントを作ってくれた)

回廊全体を射程に捉えたモニカは『戦象(バトル・エレファント)』を1匹ずつ仕留めて行く。

すでにシャクマによって『攻撃付与魔法』を与えられていたモニカは、一撃で『戦象(バトル・エレファント)』を仕留めることができるようになっていた。

『戦象(バトル・エレファント)』の最後の1匹が、最後の力を振り絞って盾隊のブロックに突進する。

『戦象(バトル・エレファント)』の槍と戦士(ウォーリアー)の盾が激しくぶつかって、槍は折れ、宙を飛んだ。

その槍は折り悪くシャクマの方に飛んで行き鎧(よろい)に命中してしまった。

シャクマは衝撃で吹き飛ばされ、地面に転がり、その弾みで鎧が体からずり落ちてしまう。

「シャクマ！」

ユフィネは青ざめた。

（マズイ。今、シャクマに暴走されたら……）

「誰か。シャクマを取り押さえて！」

「大丈夫です。ユフィネ」

シャクマは杖を頼りに立ち上がりながら、ユフィネの方に手を向けて制止する。

「シャクマ？」

「ロランさんは私に教えてくれました。支援魔導師の本当の役割を……。今の私はもう自分を見失って、役割を放棄したりすることはありません」

鎧の重みから解放されたシャクマは、昂（たか）ぶる感情を抑えるようにぎゅっと目を瞑（つぶ）ると、堡塁の階段を一目散に駆け上がって行く。

モニカは最後の１匹である『戦象（バトル・エレファント）』を仕留める。

「これで最後！」

「あとは『甲羅を着た竜（タートル・ドラゴン）』だけですね」

モニカの隣に来たシャクマがいまだユガンと互角に渡り合っている『甲羅を着た竜（タートル・ドラゴン）』の方を見据える。

そして『幻影魔法』を唱える。

（チッ。あいつらもう『戦象（バトル・エレファント）』を倒しやがったのか。完全に立場が逆じゃねーか。利用した上で恩を売るつもりだったのに、逆に俺が時間稼ぎに回らされている）

ユガンは『甲羅を着た竜』と対峙しながら辺りに霧が立ち込めて来ているのを感じた。

（これは『幻影魔法』？　あの支援魔導師のチビがやっているのか!?）

モニカは『甲羅を着た竜』に向かって『一撃必殺』を放とうとしていた。

（ダメだ。光点が浮かび上がらない。まだダメージの蓄積が足りないということか。でもシャクマの『幻影魔法』がかかりさえすれば……）

かくして霧が濃くなり、『甲羅を着た竜』は錯乱状態に陥った。

列柱に向かって自ら頭を打ち付け始める。

ユガンはもどかしげに霧の向こうに見える『甲羅を着た竜』を見据える。

（『甲羅を着た竜』を仕留めるチャンス……だが、霧を濃くしすぎだ。これじゃ近づくことも弓矢で狙うこともできねーだろ）

（それでも……、私には『鷹の目』がある）

モニカは視点を『鷹の目』に切り替えた。

霧は『甲羅を着た竜』の姿を四方からは完全に遮断していたが、上空からであればよく見えた。

モニカの放った矢が『甲羅を着た竜』の首に命中する。

『甲羅を着た竜』が苦痛に喘いだ。

（出た。『一撃必殺』の光点）

（あの女。霧に向かって矢を放っている。この濃い霧の中にいる敵の姿が見えてるってのか？）

ユガンは驚愕に顔を歪（ゆが）ませた。

（なんなんだこいつら。偏った編成と特異な戦術、類（たぐ）い稀（まれ）な練度の高さ。何よりもAクラス相当のスキルを持つ弓使い（アーチャー）、支援魔導師に治癒師（ヒーラー）。なぜこんな部隊が今まで無名だったんだ？　いや、待てよ）

モニカが矢を放った。

矢は寸分の狂いもなく『甲羅を着た竜（タートル・ドラゴン）』の急所を撃ち抜く。

（聞いたことがある。『魔法樹の守人』のリリアンヌが短期間のうちにAクラスとなった裏には、凄腕（すごうで）の育成者の存在が、Sクラス鑑定士の存在があったと。まさかこいつらも……）

『甲羅を着た竜（タートル・ドラゴン）』は力尽きて崩折れた。

回廊の景色は一変した。

夕焼けだった空の色は変わり、白い光と共に朝が訪れる。

玉座は姿を消して、代わりに隠れていた宝箱が出現する。

奥の壁には新しく紋章が浮かび上がった。

『魔法樹の守人』と『三日月の騎士』の紋章だった。

天空からは勝者を称える鐘の音が高らかに鳴り響いた。

同時に列柱の間から見えるダンジョンにも変化が現れていた。

ダンジョン内の全ての場所には攻略された徴が現れていた。

中でも『神域』における変化は劇的だった。

靄は吹き払われ、木々や果実から光沢は溶けるように消えて、瑞々しさが取り戻される。

虫の鳴き声、鳥のさえずりが聞こえ始め、野花や木々は生気に満ち満ちていた。

不滅は去り、生と死が訪れる。

不変は去り、循環が訪れる。

ダンジョンの主が倒れたことを知った『神域』に住むモンスター達は皆、どこへともなく退散し、ダンジョンから立ち去っていった。

彼らがこのダンジョンを訪れることは二度とない。

世界は、新たな支配者の誕生を朗らかに祝福していた。

霊光石

『森のダンジョン』の17階層では、ダンジョンの最深部に突っ込もうとしているセバスタを、部下達は必死に止めていた。

「ええい。貴様ら、放せ。放さんか！」

「そういうわけにはいきません」

「どうか落ち着いてください隊長！」

「これが落ち着いてなどいられるか！　ダンジョンの攻略を先回りされたのだぞ。『魔法樹の守人』ごときに！　我々セバスタ隊が！　こんなことがあっていいものか！　断じてならん！」

「だからと言って、今から最深部に行ってどうしようというのです？」

「知れたことよ。我々の手柄を横取りしたコソ泥共に天誅を下してやるのだ」

「そんなことをすればクエスト受付所が黙ってはいませんよ」

「タダでさえ、ダンジョン内での冒険者同士の私闘は禁じられているんです。挙げ句の果てに攻略後の退去拒否や攻略者への暴行とあっては……、いくら我々といえども厳罰は免れません」

さん！」

「奴らが攻略者だと？　ふざけるな。何が攻略者だ！　こんな卑怯な真似をして手柄を掠めとるような真似をして！　あんな奴らが攻略者だと？　そんなこと天が許しても俺が許さん！」

「そう思うなら。なおさら一旦街へと帰還すべきです」

「彼らの不正を暴く方策を探るのが先決なのでは？」

「ここで癇癪を起こして、罪状を重ねれば、ご自身の立場を悪くするだけですよ」

「ぐぬ。ぐぬぬ」

セバスタは顔を真っ赤にしてしばらく押し黙った後、部下達の手を振り払った。

「放せ！　ええい。どいつもこいつも！」

「隊長！　どこへ行くおつもりで？」

「街へ帰る。奴らの不正を洗いざらい調べるぞ」

セバスタはそう言うと足音も荒くダンジョンを引き返し始めた。

部下達はホッとして彼の後について行った。

ボスを倒したモニカ達は事後処理を行っていた。

約束通り、『甲羅を着た竜』の甲羅はユガンに手渡す。

そして経営権は『魔法樹の守人』のものとする。

ユガンは壁に刻まれた『三日月の騎士』の紋章に向かって呪文を唱えた。

すると紋章はたちまちのうちに消えてしまう。

モニカは宝箱の中にある『ダンジョンの指輪』を回収した。

ダンジョンの出入りを全て管理するための指輪だ。

これでこのダンジョンは名実ともに『魔法樹の守人』の所有物となった。

「いいのか？　『甲羅を着た竜（タートル・ドラゴン）』の甲羅俺がもらっちゃって」

「ええ。もともとそういうお約束でしたし」

モニカは何の疑いもなくユガンにアイテムを渡した。

「……そうか」

2人は互いに交換した紋章を返却した。

ギルド間の契約解除の印だった。

「やった！　ダンジョン攻略だ！」

「バンザイ！　『魔法樹の守人』バンザイ！」

メンバーの一部はすでに祝勝気分だった。

中には手や肩を組んで小躍りしている者もいた。

「モニカ。『帰還の魔法陣』出たわよー」

「これで街へ帰ることができます」

ユフィネとシャクマの2人がモニカに向かって手を振っていた。

彼女らの足元には『帰還の魔法陣』がこしらえられてある。

「ではユガンさん。私達はこれで」

「もう行くのか？」

「ええ、ダンジョンを攻略することができたので、そのことをいの一番に報告しなくてはいけない人がいるんです」

「ていうと……例の鑑定士か？」

「はい。いつも私達のことを導いてくれた人です。少しでも成長した姿を見せるのが恩返しだと思うから」

そう言ったモニカの瞳には一点の曇りもない純粋さが宿っていた。

それはユガンがとうの昔に切り捨てたものだった。

「ふっ」

（Aクラスの冒険者に慕われる鑑定士とはな。いったいどんな奴なんだか）

ユガンは苦笑せざるを得なかった。

「ユガンさん？」

「いや、何でもない。よほど、腕がいいらしいな。その鑑定士は」

「ええ、そうなんです」

「俺もご指導賜りたいもんだ」

「ではどうでしょう。睡眠が終わったら、『魔法樹の守人』まで来てみては？」

「いいですね。せっかくこうして知り合えたご縁です。このまま別れるのも忍びない。ぜひ来てくださいよ。『魔法樹の守人』はあなたを歓迎しますよ」

　シャクマも乗り気になって言った。

「いや、やめておく。ここでの仕事は終わった。次の街に行かなきゃならねぇ」

「そうですか」

　モニカは少し寂しそうな顔をした。

「あー、なんだ。その鑑定士の奴によろしくな」

「はい。ユガンさんのおかげでボスを攻略できたってことお伝えしておきます」

「ああ、頼むぜ」

「モニカー。早く行かないと。置いてっちゃうわよー」

「あ、今行く。それではユガンさん。また会う日まで」

「ああ、またな」

　一行は街に帰ると、各々自宅やギルドの本拠地へと帰って行った。

　ユガンは街を出て行った。

ユガンが街の外れに着くとすぐに巨大な旋回鳥が傍に着地する。

（全く。とんでもねぇ奴がいたもんだな。こんな小さな街に……）

「世界は広いな」

ユガンは呟くように言った。

（俺も久しぶりに鑑定士に鑑定してもらうか？　クク）

ユガンが旋回鳥の足を掴むと、どこへともなく飛び去って行った。


遡ること24時間前、ロランはダンジョンから帰って来た時特有のリバウンド睡眠を経て、目を覚ました。

取り敢えず、クエスト受付所に向かってダンジョンがクリアされていないかどうか確かめる。

「こんにちは。本日はどのようなご用件で？」

「ダンジョンの状態を確かめたいのですが……」

「かしこまりました。では占星術部へ」

占星術部へ通されると、占星術師がダンジョンの状態を確かめた。

彼は水晶から見た景色を通じて、ダンジョンに関するあらゆる情報を確かめることができた。

どのクエストがクリアされているか、また新規に発生したクエスト、そしてダンジョンが攻略されているかどうかまで。

「『森のダンジョン』の状態は……現在、17階層が冒険者達の辿り着いている最高地点です」

「と、いうことは……」

「まだクリアはされていませんね」

（ふむ。まだダンジョンはクリアされてないか。もうそろそろクリアされている頃かと思ったが……）

「他に何か聞きたいことはありますか？」

「いえ、ありがとうございました」

ロランはクエスト受付所を出て、『精霊の工廠』に向かった。

（さてと。いよいよ今日の正念場だな）

ロランが工房に顔を出すと案の定、ランジュが忙しそうに駆け回っていた。

「あ、ロランさん。お帰りなさい」

「ランジュ。状況は……」

「今週一杯が限界です」

ランジュは即答した。

「……だよね」

「今日ですよね。エルセン伯との会食」

「うん。そうなんだ」

「頑張ってください」

「ああ。頑張る」

ロランは緊張してきた。

いつだって偉い人と会うことは緊張するものだ。

しかし、これだけはロランが自分でやらなければならない。

（僕はもうこの工房（アトリエ）の代表者なんだ。綺麗事（きれいごと）だけではやっていけない。工房（アトリエ）のためには泥仕事もこなさなくては）


エルセン伯の屋敷に辿り着いたロランは客間に通された。

一緒に夕食をとってくれるらしかった。

「やあ。ロラン君。久しぶりだね」

「どうも。ご無沙汰しています」

「いやいや、いいんだよ。ささ、かけたまえ。今日は良い魚が取れたんだよ。ワインもね」

エルセン伯は食事の準備ができるまで貴族らしく取り留めのない話をし続けた。

娘の様子がどうだとか、以前やった狩りのことがどうだとか。

ロランは顧客との会食という慣れない仕事のせいでガチガチに固まっていた。

いつ本題を切り出せば良いのか。

果たして自分がこの場にふさわしい振る舞いをしているのかどうかすら自信がなかった。

しばらくするとワインと料理が運ばれてきた。

ワインは銀器に注がれる。

「あ、これは……」

「先日、君のギルドから上がったばかりの銀器だよ。来客があれば必ず出すようにしているが、評判は上々だ」

「ありがとうございます」

「我々貴族は人付き合いの多い仕事だからね。こういう調度品はできるだけ良いものを揃えたい。今年中にはこの家の一切合切の銀器を君のギルドで作ったものにするつもりだ」

「それは……本当に光栄です」

「君のところの例の銀細工師もメキメキ腕を上げているんじゃないのかね？　以前は銀の質によるところが大きかったが、この頃はデザインも洗練されてきている」

エルセン伯は目を細めて銀器とその中に入っているワインを見つめる。

「さすが、お目が高い」

話題は料理のことになった。

エルセン伯はその博識ぶりを披露してくれた。

時々、執事にワインに関する知識を聞いたりした。

そうして料理が終わった後、ようやく本題に入った。

「それで、例の銀器の品評会についてだが、参加してくれるよね？」

「それが……」


「銀が足りない？」

「ええ。お恥ずかしいことですが……」

「それじゃあ君、参加できないってこと？」

「ええ、このままでは」

エルセン伯は目に見えてガッカリしたような表情をした。

「あの、こんなことを聞くのもなんだとは思うんですが、エルセン伯の方で銀鉱石を保有している業者などはご存じないでしょうか」

「そんなこと言われても……。私だって錬金術のことなんて分からないし。だから君達に頼っているわけでさ」

「う。そうですよね」

「なんとかならないものなのかね？」


エルセン伯はトボトボと帰って行ったロランを見てため息をついた。

あの後、会食はなんとも気まずいものになってしまった。

どうにかならないのかと目で訴えるエルセン伯と申し訳なさそうにするロラン。

終始、沈黙が続き、会話に花が咲かなかった。

唯一の救いは料理を平らげた後であったことだった。

（やれやれ。これが零細ギルドの難儀なところだな。まるで融通が利かない）

エルセン伯は鈴を鳴らして執事を呼び出した。

「お呼びでしょうかご主人様」

「手紙だ」

「は、して宛名は」

「ルキウスだ」


ロランがエルセン伯と会食している頃、リリアンヌとアリクの『鉱山のダンジョン』攻略を巡る競争も佳境へと突入しようとしていた。

抜きつ抜かれつのデッドヒートを繰り返しているうちについに22階層に到達してしまう。

しかし、そこもダンジョンの最深部ではなかった。

(まだ続くの?)

リリアンヌはもう何本目になるか分からないポーションを喉に流し込む。

アリクもいつ果てるとも知れないダンジョンの深さにうんざりしながら、部隊を進める。

(これだけ長いダンジョンは初めてだな)

歴戦の冒険者であるアリクといえども疲れは隠せなかった。

もうダンジョンに潜り込んでから1週間以上経とうとしていた。

疲労は限界を迎えつつあった。

(くそっ。一体いつまで続くんだ)

しかし、アリクは気を抜かなかった。

というよりも抜けなかった。

元々、リリアンヌの部隊とアリクの部隊では質が違いすぎた。

その上、ルキウスによって弱体化させられていたため(当初は配属されていたジルも別の部隊に配置換えされた)、リリアンヌの部隊との差はますます開く一方だった。

アリクは苦肉の策として、リリアンヌの後ろにぴったりくっついて行く作戦をとっていたが、それも限界に近づきつつあった。

彼女との距離は徐々に開きつつあった。

（ここまでか……）

しかし唐突に終わりは訪れる。

異変は24階層に辿り着いた時起こった。

「モンスターの気配が消えた!?」

リリアンヌはスキル『浮遊』を使い、上空に上がって周囲一帯を見渡した。

確かにモンスターがいない。

アリクもそのことに気づいた。

（モンスターがいなくなった!?）

しかし部隊を振り返ると、誰にも体力は残っていなかった。

今からリリアンヌの部隊に割り込んで、ボス戦を掠（かす）め取ることはできないだろう。

（ダメか）

アリクは諦めかける。

しかしリリアンヌは空中で丘の向こう側を見た後、決してボス戦に挑もうとしない。

彼女は部隊のメンバーと何事かを話している最中だった。

（なんだ？）

不審に思いながらもアリクはリリアンヌに追いつく。

そこで彼も丘の向こう側を見ることができた。

丘の向こうのふもとには、フワフワと浮いている鎧兜、盾、剣が見えた。

それらはまるで人間が装備しているかのように、鎧を中心にして腕の部分に籠手、右手に剣、左手に盾という配置を保ちながら、平野をさまよっていたが、そこに肉体はなかった。

彼らは『鎧を着た幽霊』。

鎧に取り憑いた物言わぬ死人である。

「あれは……『鎧を着た幽霊』!?」

「およそ50体……といったところでしょうか」

(『鎧を着た幽霊』に通常攻撃は効かない。それでリリアンヌは足踏みしていたのか)

『鎧を着た幽霊』は霊属性を付与した武器でなければ、ダメージを与えられなかった。

しかし生憎どちらの部隊も武器を霊属性に変えるアイテムは持ち合わせていなかった。

(助かった……のか?)

アリクはすでに決まっていた負けがすんでのところで猶予をもらえたことに気づき胸を撫で下ろした。

しかし、安心している暇はない。

『鎧を着た幽霊』を倒せないのはアリクも同じだった。

急いで、アイテム『霊光石』（武器に一時的に霊属性を与えられるもの）を調達しなければならない。

しかしそのためには一旦街に戻らなければならなかった。

「ロージアン。これをどうかロランさんに届けて」

リリアンヌはスキル『抜き足（サイレントトラン）』を覚えている弓使い（アーチャー）に『ショートカットの指輪』とメッセージを授けた。

「ロランさんに説明してください。最後のボスは『鎧を着た幽霊（アーマード・ゴースト）』だと。倒すためには至急、『霊光石』が50個以上必要だと。だから急いでここまで持ってきて欲しいと」

「は、かしこまりました」

指輪を託されたメンバーは早速『抜き足（サイレントトラン）』を駆使してモンスターにエンカウントしないよう注意しつつ、大急ぎで今来た道を引き返して行った。

この動きはすぐにアリクの部隊も察知した。

「アリク隊長。あれを！」

「あれはロージアン。『抜き足（サイレントトラン）』か！」

このダンジョンのモンスターのほとんどは目よりも耳で敵の位置を察知する。

ゆえに『抜き足（サイレントトラン）』を使えばモンスターに見つからず帰還魔法陣のところまで帰ることができた。

（なるほど。一人だけ先行させて素早く引き返そうという魂胆か。確かにその方が早く『霊光石』を調達できるな。ダンジョン内で待っていれば、リバウンド睡眠の時間も省ける。思い切った策に出たものだ）

アリクは少し迷った後、決断した。

（グズグズしているヒマはない。何もいいアイディアが思いつかない以上、相手の策に乗るしかない）

アリクも『抜き足（サイレントラン）』を使用できる者を寄り抜いて、急ぎ引き返すよう指示した。

アリクは自分の送り出した者よりもロージアンの方が先行しているのを見て歯噛（はが）みした。

（ええい。こうも我々が後手にばかり回らされるとは。街で最強のギルドであっても、機能しなければ何の意味もないじゃないか！）

エルセン伯との会食の翌日、ロランは『魔法樹の守人』に出勤した。

受付でモニカ達が『森のダンジョン』を攻略したと聞いて驚嘆する。

「モニカ達がダンジョンを攻略した!?　それにリリアンヌさんがまだ帰って来ていないい？」

「ええ。そうなんですよ」

「もう、ギルド内はその話題で持ちきりですよ」

（凄（すご）いな。まさかダンジョンを攻略するなんて）

モニカ達にダンジョンを攻略する実力は十分あるとは思っていたが、まさか今回でダンジョンを攻略するとは思っていなかった。

（てっきり今回はセバスタに取られると思っていたが……、『金色の鷹（たか）』で何かあったのか？）

「モニカ達は今、どこに？」

「『魔法樹の守人』の仮眠室で眠っています。まだダンジョンから帰ってきたばかりなのでしばらくは起きないと思いますよ」

その時、1人のギルドメンバーが息も絶え絶えで入り口に入り込んで来た。

「ロランさん。良かった。すぐに見つかって」

「君は……確かリリアンヌさんの部隊の……」

「ロージアンと申します。実はかくかくしかじかの事情で……」

彼はダンジョンで起きたことを説明した。

ボスが『鎧を着た幽霊（アーマード・ゴースト）』であること。

『霊光石』が50個必要であること。

リリアンヌ隊はまだダンジョンに残っていること。

「『霊光石』50個……」

ロランは駆け出した。

ロランに伝えるべきことを伝え終わったロージアンは、その場で崩れ落ちて眠り込んでしまう。

(おそらく『霊光石』、50個のストックは街にないだろう。となれば……、時間がない！急いで作らないと)

幸い、『精霊の工廠』には街一番の精錬士がいた。

同じ頃、『金色の鷹』ギルド長の部屋にも2つのダンジョンで起こったことについて知らせがもたらされていた。

「何だと!?『魔法樹の守人』に『森のダンジョン』を攻略された!?」

ルキウスは激怒した。

「セバスタは一体何をやっている！コーター達は!?」

ルキウスは2つの部隊の代表者を呼び出して、事情聴取するものの、どちらも互いに責任転嫁をするばかりで一向に真実は分からなかった。

「ええい。もういい！とにかく今は『鉱山のダンジョン』だ！これ以上の失態は許さん。『金色の鷹』の総力を挙げてダンジョンを取りに行くぞ！」

ルキウスは両部隊に出撃準備を命じると、錬金術ギルドを呼び出して『霊光石』の調達及び精錬に取り掛からせた。

同時に『精霊の工廠』に『霊光石』及びその原料が行き渡らないよう締め付けるようにも手配した。

しかし、その時、ロランはすでに『霊光石』を必要な分だけ調達し終えて工房に駆け込んだ後だった。

「ごめん。ランジュ。飛び入りの要件だ。『霊光石』50個を今日中にできるだけ多く！」

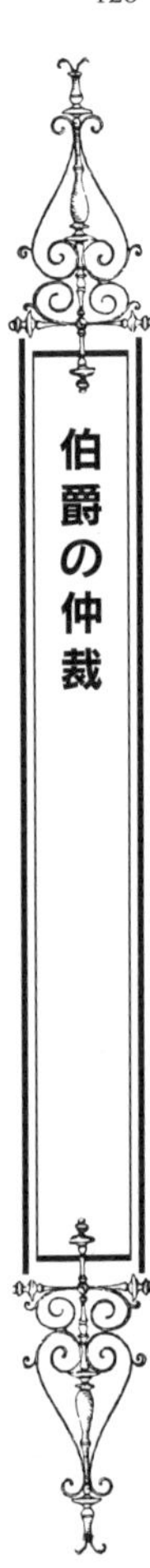

伯爵の仲裁

急遽（きゅうきょ）、生産計画の変更を余儀なくされた工房（アトリエ）では、ランジュが忙しく窯の調整をしていた。

その日は銀を精錬しようとしていたため、窯の温度など何から何まで設定を変えなければならなかったった。

一方でアーリエは『霊光石』の原料の選別をしていた。

彼女は工員1人1人のレベルに合わせて、『霊光石』の原料を振り分けていく。

それぞれの箱に入った『霊光石』の原料を一つ取り出して、軽く火にかけたり、金槌（かなづち）で叩（たた）いたりしてその触感を確かめる。

（これはBクラス。こっちはCクラスにしかならない。これはAクラスだから私が全部やらないとね）

こうして選別された『霊光石』はそれぞれの工員のレベルに合わせて振り分けられた。

「アーリエさん、窯の用意できました」

銀用から『霊光石』用に窯の設定を変更したランジュが、部屋に駆け込んで来た。

「こっちも準備できました。すぐ、精錬に取り掛かります」

アーリエは工員達を指揮してその日のうちに『霊光石』50個を精錬した。

『霊光石』はそのポテンシャルを1つも欠かすことなく完成した。

翌日、ロラン達がダンジョンの前に『霊光石』を持って行くと、そこにはすでに準備を終えた『魔法樹の守人』の部隊が待っていた。

「ロランさん。話は聞きました。ダンジョン探索の準備、完了しています！」

「みんな、済まない。ダンジョンから帰って来たばかりだというのに」

「いいえ。ダンジョンを2つ取れれば、『金色の鷹』に打撃を与えられます。こんなチャンス滅多にありませんよ。『金色の鷹』に一杯食わせてやりましょう」

シャクマが意気揚々と言った。

「聞いてくださいロランさん。セバスタ隊の奴ら、あいつら私達に直接攻撃しようとしてきたんですよ！」

ユフィネが珍しく憤然として言った。

「このままじゃ気がおさまりません。お灸を据えてやらないと！」

「あはは。そうだね。……っと」

ロランはこんな時でも奥の方で大人しそうにしている少女の方に歩いて行って声をかけた。

「モニカ、『森のダンジョン』を攻略したそうだね」

「はい。どうにか」

「いや、君達の実力を侮っていた。まさかセバスタ達よりも先に攻略するなんて。凄いよ」

「そんな……マグレで攻略できただけです」

モニカは頬を赤らめて照れて見せた。

「ロランさん。準備できましたよ」

『霊光石』をアイテム保有士に配分し終わったユフィネが言った。

「よし。それじゃあ作戦を伝えるよ」

ロランはその場で会議を開いた。

「今回はリリアンヌ隊の支援が目的だ。全ては速さにかかっている。だからスピードを重視しつつ、アイテム保有士を守りることができ、なおかつダンジョンを踏破できる最小限の人数で部隊を編成する必要がある。それが今日ここに呼び出したこのメンバーだ。クエストもモンスターもなるべく無視して、最短距離でリリアンヌ隊の下へ、この『霊光石』を届けるんだ」

ロランはあらかじめ、戦闘力よりも探索速度を重視したメンバーを選(よ)りすぐって部隊を編成していた。

今回は、『森のダンジョン』で活躍したメンバーをベースに、モニカ、シャクマ、ユフィネと言ったエース格はそのままにして、比較的俊敏(アジリティ)の低い者達は除外し、『俊敏付与(アジリティ)』を使える支援魔導師とリリアンヌ隊のロージアンを加えておいた。

装備も全体的に軽装になっている。

しかしバランスは損ねていない。

これで最速のダンジョン潜行ができるはずだった。

ロランは日頃から、動員可能な冒険者とそのスキル・ステータス・装備をリストアップしておき、いざという時すぐに対応できるよう用途に合わせて編成のパターンをいくつも考えていた。

「基本的な戦術は変わらない。モニカの『鷹の目(ホークアイ)』で最良の道を選び、シャクマとユフィネで戦闘支援する。いいね？」

「「はい」」

「よし。それじゃあ、行ってこい。頼んだよ」

モニカ達は早速、『鉱山のダンジョン』に潜り込んだ。

「私が道を案内します。こっちが転移魔法陣へと続く最短距離ですよ」

すでにリリアンヌ隊としてダンジョンを探索したロージアンは、部隊が以前通った道を指し示しながら言った。

21階層は遺跡のステージだった。

「いいえ、こちらの方が早いです」

モニカはロージアンとは違う道を指し示した。

部隊は当然のようにモニカの言う通りに進行する。

ロージアンは慌てた。

「ちょっ、そっちはまだ未探索の道ですよ。こんな時に勘で進んでは危険です。間違って行き止まりに当たってしまったら、時間をロスしてしまいますよ」

「いいから。モニカの言う通りにしな」

ユフィネが嗜（たしな）めるように言った。

部隊は入り組んだ複雑な道に入って行く。

ロージアンが困惑しながらついて行くとすぐに見知った道に出る。

（こんなルートがあったのか。これがユニークスキル『鷹の目（ホークアイ）』の威力っ……）

モニカ達は瞬く間に21階層を3分の1まで踏破する。


遡ること数時間前、ルキウスの下にも『魔法樹の守人』の支援部隊が、『霊光石』の調達を完了して、ダンジョンに潜入したという知らせが届いていた。

ルキウスは驚愕（きょうがく）した。

「なっ。もう準備が完了したというのか？」

（バカな。我々よりも早く準備が完了するなんて）

『霊光石』が必要だと聞いたルキウスは、急いで『霊光石』を準備するよう指示したのだが、どこの工房（アトリエ）もルキウスからの急な要求に即座に対応しきれず、それどころか渋るような態度を見せた。

ルキウスは規模と強権にモノを言わせて、傘下のギルドに現在行っている全ての作業を停止させ、『霊光石』の精錬作業に全てのリソースを注がせたのだが、いかんせんフットワークの点で『精霊（せいれい）の工廠（こうしょう）』に後れをとってしまった。

「ええい。どいつもこいつも使えない！　まだできたばかりのギルドなんぞに後れをとってどうする！」

ルキウスは会議室で気炎を吐いた。

（こうなったら、ダンジョン探索スピードで圧倒するしかない！）

「これは負けられない戦いだ。ここで『魔法樹の守人』に後れをとっては『金色の鷹（たか）』の名折れだぞ！　最強メンバーを揃（そろ）えて、何としても我々が先に攻略するんだ！」

ルキウスの考える最強のメンバーは単純明快だった。

冒険者ランクの高い者から順番に30名を選ぶ。

その面子（メンツ）には、Aクラス冒険者のセバスタを始めとして、『魔界のダンジョン』から帰って来たばかりのジル（彼女は攻略に当たって目覚ましい活躍をしたばかりだった）、普段は本部の片隅で金物を叩いているドーウィン、そしてコーター3兄弟も含まれていた。

まさにオールスターの様相を呈していたが、その際、スピード重視であるとか、組み合わせの相性や装備のバランスだとかは一切考慮されていなかった。

かくして鼻息も荒くダンジョンに潜り込んだ『金色の鷹』最強部隊だったが、その行軍は鈍間を極めた。

もともと、連携を無視した急造の混成軍だったこともあるが、それに加えて、『森のダンジョン』で生まれたセバスタとコーター3兄弟の確執が再燃したこともあった。

メンバーは隊列の配置や選ぶ道から、戦術、アイテムの保有比率まで細かなところで言い争い、揉めた。

ジルは焦りと苛立ちを覚えた。

(敵に先行されているというのに、いつまでこんな内輪揉めを繰り返しているんだコイツらは。このままじゃ敵を追い抜くどころか尻尾さえ摑めやしない)

ジルはダンジョンの先をキッと睨んだ。

遺跡のステージは建物が乱立していて、彼女の目の前にも背の高い建物が立ちはだかっている。

「おい、何してる?　ジル?」

　ドーウィンが怪訝そうに彼女を見た。

　セバスタも彼女を見咎めた。

「ジル！　隊列から外れて何をしている。道はこっちだぞ。勝手な行動をするな！」

「道は私が作ります」

（見た目に騙されるな。所詮は土の塊。薙ぎ倒すことができれば、ゴーレムとなんら変わりはない！）

　ジルは建物に向かって剣を振り上げる。

「ちょっ。おい、まさか……」

「みんな私について来い！　うおおおおお！」

　剣は振り下ろされた。

　けたたましい轟音と共に建物の壁は粉々に砕かれる。

　ジルはそのまま、降りかかる瓦礫を物ともせずダンジョンの奥に向かって爆走する。

　壁が立ちはだかる度に破壊して進んだ。

「あーあ。無茶苦茶しやがって。装備直すの誰だと思ってんだよ。これだから脳筋は……」

　ドーウィンはゲンナリして、苦情を言いながらも彼女の作った通り道を歩いて行った。

「すげぇ」

「みんなジルに続け！」

俄(にわ)かに活気付いた部隊は我先にとジルの後を追い始める。

「チィ。余計なことを」

とある事情からあまり速く進みたくなかったセバスタは苦々しい顔で先を進むジルとドーウィンを追いかけた。


モニカは進軍しながら、後方から何かが猛烈なスピードで迫って来ているのを察知した。

（風向きが変わった？　いえ、変わったのは背後の建物？）

『鷹の目(ホークアイ)』で後方を確認すると、重装備の騎士が建物を破壊しながら文字通りまっすぐダンジョンを進んでいるのが見えた。

阻む者は誰一人いなかった。

ジルの猛(たけ)り狂う進撃を前に、ダンジョンのモンスター達(たち)も恐れをなして逃げ惑った。

死の国からやって来た死人も、魂だけの意思持たぬ人形であるゴーレムも、大鬼(オーク)達さえも、建物の破壊音にギョッとしてその場から離れた。

（な、何これ。この人。建物を破壊しながらまっすぐ進んでる……。こんなのありぃ？）

瞬く間にジルはモニカ達に追い付いた。

モニカ達とジルは広い道で並走してお互いの姿を認め合った。

『魔法樹の守人』に戦慄が走る。

「あれは！　『金色の鷹』のジル・アーウィン!?」

「Sクラスのポテンシャルを持つ重装騎士！」

ジルは『魔法樹の守人』の部隊を抜かすと、傍の建物の2階に登り、尖塔を破壊してモニカ達の進路に瓦礫をばら撒いた。

「なっ、あいつ私達の進路を！」

ユフィネが唇を歪める。

「くっ。どうします？　瓦礫をどかせますか？　それとも迂回しますか？」

シャクマがモニカに聞いた。

「迂回しよう。脇に部隊の通れる小道があるわ」

（進路はこれ1つじゃない。でも……スピードではあっちの方が上。こんなの……どうやって対抗すれば……）

「あーあ。こんなに露骨に道を塞いじゃって。冒険者同士の探索妨害は違法だよ。分かってんの？」

ジルの後ろからついて来たドーウィンが呆れながら言った。

「私は建物を破壊しただけだ。他の冒険者を妨害する意図はない」

「またそんな屁理屈を……」

「それより剣が折れた。修理しろ」

「はいはい。やっぱりこうなるのね」

ドーウィンはその場で窯を取り出して火魔法で剣を鍛え直した。

モニカ達は隘路(あいろ)を部隊で行軍した。

(しめた！　あそこには伏兵が潜んでいる)

ジルのいる高い位置からは、隘路の両脇の建物に、『弓矢を装備した死体(ゾンビアーチャー)』が駆け込んで行くのが見えた。

案の定、道を進む彼女らの上から矢が降り注ぐ。

「ユフィネ！　お願い！」

「オッケー。『広範囲回復魔法』！」

ユフィネが呪文を唱えると、魔法陣の道ができ、部隊は矢衾(やぶすま)の中を回復しながら進んで行く。

さらに部隊の進軍に合わせて魔法陣は前へ前へと進んで行く。

「なっ、なんだあの魔法陣は？　動いている!?」

ジルとドーウィンは目を見張った。

(あの治癒師(ヒーラー)のスキルか？　あんなスキルを開発できるのなんて……)

(スキルだけじゃない。ステータスと装備も考慮した上で、ミッションに最適化された部隊編成。間違いない。あの部隊を作ったのは……）

（ロランさんだ！）

　２人は敏感にロランの影を感じ取った。

「チッ。セバスタは何をしている！　せっかく道を作ってやったというのに。まだ追いつけないのか」

　ジルは背後を苛立たしげに振り返った。

　セバスタはいまだはるか後方をモタモタと進軍していた。

（今回の任務はアイテム保有士を最深部まで運ぶこと！　いくら私が先行しても部隊全体が前に進まなければ意味がない。このままじゃまた『魔法樹の守人』に先を越されてしまうぞ！）

「ドーウィン！　お前も早く……」

「ほい、直ったよ」

「うおっ」

　ドーウィンはいつの間にか修復を完了させた剣をジルに渡す。

「ついでに建物を破壊しやすいようにしといたから」

「……どうしたんだ急に。いつになくやる気じゃないか」

「別に。これが任務だしね。それに……」

（流石(さすが)にロランさんの部隊の前で腕が鈍ったかのように見られるのは本意じゃないしね）

「よし。行くぞ！」

ジルは髪にかかった塵(ちり)を払うと、剣を構え、再び道を作ろうとする。

「待ってくださいお二方!!」

ジルが剣を振り上げて壁を破壊しようとした時、背後から声がかかってきた。

ジルがぎょっとして振り返ると、そこには1人の霊体がいた。

「これは……スキル『幽体離脱』？」

ドーウィンが霊体を訝(いぶか)しげに見ながら呟(つぶや)いた。

彼はスキル『幽体離脱』により魂だけダンジョン内に召喚された人間だった。

『幽体離脱』は、一定の条件下で、ダンジョン内の知り合いにアクセスできるスキルだ。

「ダンジョン内のどの辺りにいるか分かる」、「１００回以上会話したことのある人間」といった条件を満たしている場合にのみ発動させることができる。

ジルは霊体を見て眉を顰(ひそ)めた。

「お前は……確かギルド長の側近の……。一体どうしてこんなところに？」

「ルキウス様より伝言です。ジルとドーウィン両名に命じる。至急、『金色の鷹』本部まで戻ってくるように」

「なんだと？」

　ジルは驚きに目を見開いた。

「一体なぜ!?」

「理由は分かりません。しかし、これは厳命です！　両名は何を置いても帰還を最優先にするように」

「しかし……」

「どうしたお前達。何を言い争っておるんだ」

　ジルが異議を申し立てようとすると、後ろから追いついてきたセバスタが会話に加わってきた。

「ん？　お前はギルド長の側近じゃないか。こんなところで何をしている？」

「実は、ルキウス様よりジルとドーウィンを連れ戻すようにと命令されて……」

「何!?　そうなのか？　だったら早く戻るべきだ。ジル！　ドーウィン！　何をモタモタしておる」

「しかし！　我々には『霊光石』をアリク隊に届ける任務が……」

「何を言っておる。ギルド長が直々に帰って来いと命令しているのであろう？　だったら何をおいてもそれを優先すべきだ。ここで命令に逆らえば組織の紐帯に関わる。即刻、帰還しなさい」

「えぇい！　こうしてモタモタしている間にも『魔法樹の守人』は先に進んでおるのだぞ！　任務に支障をきたしたくないのであれば、なおさらこんな不毛な言い争いをしている場合ではない。お前達はさっさと戻らんか！」

「ですが……」

やむなく2人は来た道を引き返して街に帰還する。


（あれ？）

ダンジョンを進んでいたモニカは異変に気づいた。

「モニカ？　どうしたの？」

「なんか背後からのプレッシャーが弱くなったような……」

ジルとドーウィンが離脱した後、アリクに手柄を立てさせたくないセバスタは、これ幸いとばかり、あからさまに部隊の進むスピードを遅くしていた。

縮んでいた両部隊の距離は、再び緩やかに開き始めた。


ダンジョンから帰ってきたジルとドーウィンは、休む間もなく、正装に着替えさせられて、馬車に詰め込まれた。

彼らがこれからエルセン伯に会いに行くのだと伝えられたのは、馬車が街を離れてしばらく経ってからのことだった。

ルキウスはエルセン伯から届いた手紙を懐に入れながら、馬車の中でニンマリしていた。

手紙には銀細工、錬金術ギルドのことで相談がある、と書いてあったからだ。

（ようやく我々に頼る気になったか。と、なればロランはもう用済みということかな？何れにしてもエルセン伯の支援さえ取り付けることができれば、あの口うるさい出資者どもも用済みだ）

ルキウスは自分を押さえつける出資者達にこれ以上遠慮しなくてよいことを考えると、自然と嬉しさがこみ上げてくるのであった。

一行の馬車が屋敷に着くとすぐに会食の席に呼ばれた。

ルキウスは自分の他にジルとドーウィンも同席させた。

エルセン伯はジルを一目見て、その美しさにハッと息を呑む。

「彼女は？」

「ご紹介します。彼女は『金色の鷹』に所属するBクラス冒険者、ジル・アーウィンです」

そのままエルセン伯はジルのことをまじまじと見てしまう。

（なるほど。これが噂に名高い女騎士のジル・アーウィンか。ルキウスが気に入るのも分かる。確かに魅力的な女性だ。いやそれどころか、これほど美しい女性は世界広しといえども2人といないだろう。とてもモンスター蠢くダンジョンをいくつも踏破した冒険者とは思えぬ。若い頃であれば全てを投げ打ってでも彼女を手に入れようとしたかもしれんな)

それればかりか、歳をとった今となっても、ちょっとした弾みさえあれば彼女に全てを捧げてしまうかもしれなかった。

ジルの美しさには、それくらいの引力が備わっていた。

彼女は憮然としていたが、それでもその美しさにひと筋の翳りも差すことはなかった。

ジルがジロリと睨むと、エルセン伯は慌てて咳払いする。

ルキウスはエルセン伯のその様子を見て、ほくそ笑んだ。

これで契約は取れたも同然だと思って。

「君を呼び出したのは他でもない。実は錬金術に関することで少々困っていてね。街中の錬金術ギルドに強い影響力を持っている君の力を借りたいと思ったのだ」

「しかし、それなら伯も高く評価しておられる『精霊の工廠』に頼めばよかったのでは？」

「無論、私もいの一番に彼らに声をかけたんだよ。しかしどうも今、彼らのギルドは銀が不足しているようでね」

「ほう。そうでしたか」

ルキウスは自分の方策が功を奏しつつあるのを知って、内心ほくそ笑んだ。

「新進気鋭といえど、まだ彼らは弱小ギルド。材料の調達に甘いところがあるようだ。そこで……」

「なるほど。弱小ギルドにありがちなミスですね。奇抜な製品を作って一時的に衆目の興味を引くことができても、原料の調達や管理が甘いため、安定した事業計画を立てることができない」

「うむ。流石に街一番のギルドを率いているだけあって計画の大切さをよく分かっている。そこでその君の豊富なノウハウを見込んで……」

「ええ。安定感があってこそ一流のギルドというものです。最近はちょっと初めてはすぐに行き詰っては廃業するギルドが多すぎる。さんざん市場を荒らしておきながら、迷惑を顧みず決して責任を取らない。正直なところこのようなギルドの存在には、我々も手を焼いていましてね。一方で我々は安心ですよ。信頼できるギルドとのみ取引し、堅実な経営をしているため、ちょっとやそっとでギルドの屋台骨が倒れることなど決してありえません」

「うむ。流石に街一番のギルドを率いているだけあってつながりの大切さがよく分かっている。大したものだ。そこでその君の人脈を見込んで……」

「いえいえ。この程度のこと大したことではありません。ただ、当たり前のことを当たり前にできない人間が多すぎるのです」

「なるほど。至言だな」

　エルセン伯は先ほどから自分の話を遮って露骨にアピールしてくるルキウスに若干うんざりしていたが、我慢して、貴族らしい鷹揚な態度を保ち続けた。

「それで、話を戻すが、先ほど言った錬金術の件で困っていることというのは、実は、今度、また銀細工の品評会が開かれるのだ。以前のような市民でも参加できる開放的なものではなく、貴族同士の身内で開くものだが、爵位を持つ者が1人につき1名銀細工師を紹介することになっている。そこで私も銀細工師を一人出場させたいと思っているのだが……」

「お任せください。それでしたらここにいるドーウィンが絶品の銀細工をご用意させていただきますよ」

「ほお。彼がドーウィンか。街一番の錬金術師と聞いているが……」

「まさしく。その通りです。彼の手にかかれば鉄クズも宝刀に早変わりですよ」

「それは凄い。しかしロランによると銀の不足は街中で起きているということだが。君のところでは大丈夫なのかね？」

「はい。我々は街中の錬金術ギルドを傘下に収めております。銀など我々の保有している倉庫にあり余るほど転がっていますよ」

「おお、そうか。それは良かった」

エルセン伯はホッとしたように表情を崩した。

これで目下の問題は解決できると思って。

「ではあらためて君に頼みたい」

「はい。何なりとお申し付けください」

「『精霊の工廠』を支援して欲しいのだ。彼らに銀を供給してやってくれ」

「はい。お任せくださ……えっ!?」

「おお、やってくれるか」

「えっと……ちょっと待ってください。『精霊の工廠』に銀を供給……と言いましたか？」

「ああ、その通りだ」

「それを我々がやると？」

「だって可哀想じゃないか。せっかく育ちつつあるギルドだというのに。材料がないばかりに上手くいかないなんて」

「えっと、いや、しかし……」

ルキウスは思わぬ展開に言葉に詰まってしまった。

「ん？　どうしたんだい？」

「いや、そのなんと言いますか。我々にも色々ありまして……」

「あれ？　もしかして君らって仲悪かったの？」

「あ、いえ、決してそのようなことは……」

「なら。いいじゃん。助けてあげなよ」

「いや、しかし……その、業界のしがらみと言いますか……」

「銀はあり余るほどあるんだろう？」

「それは……、はい」

「なら、いいじゃないか」

「えっと、あ、はい」


同じ頃、ダンジョンではモニカ達がダンジョンの最深部に到達して、リリアンヌの元に駆けつけていた。

リリアンヌは無事、霊光石50個を受け取って、ボス『鎧を着た幽霊（アーマード・ゴースト）』を倒し、ダンジョンを攻略する。

『鉱山のダンジョン』は『魔法樹の守人』のものとなった。

酒宴の後で

　リリアンヌが『鉱山のダンジョン』を攻略した次の日、ロランは再びエルセン伯の屋敷に呼び出されていた。

　ロランは一体何事かと首を傾げながらエルセン伯の屋敷へと向かったが、会食の席にルキウスがいるのを見てギョッとした。

「おお、来たかロラン君」

「エルセン伯、あの、これは一体」

「喜びたまえロラン君。ルキウスが君のギルドのために銀を供給してくれるそうだ」

「えっ!?　『金色の鷹』が？」

「うむ。まあ、座りたまえ」

　ロランはエルセン伯に勧められるまま席に座り、ルキウスとテーブルを共にした。

　料理が運ばれてくる。

　宿敵と共にする会食というのはなんとも奇妙なもので、ロランは終始居心地の悪さを感じずにはいられなかった。

「君達の間で諍いが起こっていることは私も聞き及んでいるよ」

エルセン伯がそう言ったため、ロランとルキウスはギクリとした。

「なんでも街中の錬金術ギルドを真っ二つにして、激しく対立しているようだね。市中の供給業者にも迷惑をかけているとかなんとか」

「「……」」

「君たち双方に言い分はあろう。しかしここはお互い一旦頭を冷やして、その剣を鞘に収め、街と錬金術の発展のために、お互い協力してはくれまいかね？」

「は、伯爵からの頼みとあらばお断りするわけにいきません。我がギルド『金色の鷹』は今までのことを水に流し、街の発展のために、『精霊の工廠』と手を取り合いましょう」

ルキウスはエルセン伯に殊勝な態度を見せるべく、機先を制するように言った。

エルセン伯はロランの方を見る。

「僕は……銀鉱石を供給してくださるなら……、それで特に異存はありませんが……」

「うむ。ではこれで話はまとまったな。以降は互いに資源の分配に関して協力し合うように」

ロランとルキウスは、エルセン伯の目の前で書面にサインした。

書面には双方相手が鉱石不足で困っている時、お互い時価に合わせた適切な価格で鉱石を供給することが明記されていた。

2人はその場で内心の敵意を隠し、偽りの微笑をその顔に貼り付けながらガッチリと握

手して、仮初めの協定を結んだ。

「いや、良かったよ。君達2人が和解してくれて。これでこの街の錬金術はより一層発展していくことだろう」

エルセン伯は2人の内心など知りもせずに、満足げに頷いた。

「これで『精霊の工廠』も銀細工の品評会に出ることができるね。本来、貴族の品評会では領内から1人だけ銀細工師を選んで出品するという趣旨なのだが、今回は特別に共作という形で出品することが許してもらえた。『精霊の工廠』に所属しているチアルと『金色の鷹』に所属しているドーウィンの2人の協同で出品してもらうつもりだ。品評会を成功させるためにも両ギルド、両名の奮起と健闘を期待しているぞ」

翌日から、『精霊の工廠』には銀鉱石が供給されるようになり、工房の業務は普段通り回り始めた。

豪雪に閉ざされた雪山にもやがて雪解けが訪れ野花が顔を出すように、それまで隠されていた真実はやがて明らかにされ、錯綜していた情報は収束していった。

クエスト受付所は、『魔法樹の守人』が『森のダンジョン』と『鉱山のダンジョン』を攻略したことを公表した。

同時に新たなAクラス冒険者が誕生したことも発表された。

（バカな……）

ウィリクはクエスト受付所の掲示板の前で呆然(ぼうぜん)としていた。

掲示板には弓使い(アーチャー)、モニカ・ヴェルマーレがAクラス冒険者に昇格したことを告げる張り紙が出されていた。

（ありえない。こんなことが。彼女は俊敏(アジリティ)の低い落ちこぼれ弓使い(アーチャー)だったんだ。何かの間違いだ。こんなこと……あってはならないんだ）

『魔法樹の守人』では、ロランが指導係の責任者となることが正式に決定した。

同時に『魔法樹の守人』の幹部となることも。

ウィリクはロランの下で働くことになる。

無論、事前にルキウスとの約束であった『金色の鷹』の特別顧問の話もご破算である。

ルキウスからウィリクの方には一言の連絡も来ることがなくなった。

（こんなこと、私は認めないっ！）

ロランに大見得(おおみえ)を切って、完全敗北した上に、ルキウスにも見捨てられたウィリクは、負けを認めたくがないために、街を出て行ってしまった。

その後、ウィリクの行方を知るものはいない。

冒険者の街は、『魔法樹の守人』の話題で持ちきりになった。

今月の『魔法樹の守人』の躍進、その原動力は、今回急成長したモニカ、シャクマ、ユフィネの3人であることは、耳聡い街の人間達によってすぐに突き止められた。

モニカはすでにAクラスの弓使いであり、シャクマとユフィネについてもAクラスに昇格するのは時間の問題であるということは、すぐに衆目の知るところとなった。

3人は無名の新人から一転、街でも有数の冒険者として突然脚光を浴びることになった。

3人はすぐに至るところで引っ張りだこになった。

街のどこに行くにしても、人々に握手を求められ、話をしてくれとせがまれた。

吟遊詩人達は彼女らの武勇を讃える歌を街中の至るところで歌い、画家は彼女らの勇姿を想像で描き、講談家は彼女らの活躍を物語にして人々に聞かせた。

錬金術ギルドはこぞって彼女らの武器を作らせてくれと申し出て、冒険者達は彼女らと繋がりを持とうと躍起になった。

ただ、彼女らの急成長の背後にいる鑑定士の存在、最近『魔法樹の守人』に加入した凄腕の育成者の存在については、一部の者によって噂されるだけに留まった。


「では、今回のダンジョン攻略を祝しまして、カンパーイ」

シャクマは盃を掲げて陽気に乾杯の音頭をとった。

「「「「カンパーイ」」」」

ここは街の酒場。

『魔法樹の守人』は今回のダンジョン攻略を祝して、酒場の一室を貸し切りにした酒宴を張っていた。

会場には『魔法樹の守人』の正団員を始めとして、今回のダンジョン攻略において、臨時で部隊に編入された外部の冒険者と、そしてロラン達『精霊の工廠』のメンバーも招待されていた。

ロランは一応『精霊の工廠』のメンバーと一緒に座って飲んでいた。

「では、私達も乾杯しましょうロランさん」

チアルがロランにゴブレットを差し出してくる。

「こらっ。お前はこっちだろ」

ランジュはチアルから酒を取り上げて、ジュースを押し付けた。

「えー。私もお酒飲めますよ。ランジュさん返してくださいー」

「お前に飲ませたら、ギルドが罰せられるっつーの。ていうかエルフは飲酒厳禁だろ」

「うぅー。私も飲みたいですー」

「チアル。料理が来たみたいだよ」

ロランは運ばれてくる肉料理を指差して言った。

「えっ？　わーい。お肉だ」

チアルはすっかりお酒のことなど忘れて料理に関心を移した。

「でも、いいんでしょうか。『魔法樹の守人』のお祝いに私達がお邪魔しちゃって」

アーリエが遠慮がちにロランに聞いてきた。

「大丈夫だよ。今回のダンジョン攻略はみんなの頑張りがあってこそのものだし。それに今後、『精霊の工廠』は『魔法樹の守人』とますます繋がりが強くなっていくんだ。みんなにとっても冒険者の話を聞くのは有意義だし、冒険者サイドでもこういう錬金術ギルドとの交流を望んでいる人も多いはずだよ。ほら早速やってきた」

「ロランさん。ダンジョン攻略の際にはお世話になりました」

ロランの部隊に所属していた者達が盃を片手に挨拶にやってくる。

「チアルちゃん。来てたんだね」

「モニカさん！」

チアルとモニカはすぐに親しげに話し始める。

「ロランさん。彼女は？」

リリアンヌ部隊の者が訝しげにロランに尋ねてくる。

「彼女はモニカ、シャクマ、ユフィネの銀製武器を作った者ですよ」

「なんと。彼女が『銀製鉄破弓』の制作者ですか？」

すぐにチアルは銀製武器に興味がある者達によって囲まれた。

ロランは『精霊（せいれい）の工廠（こうしょう）』の他のメンバーも冒険者と交流できるように配慮した。

「彼女が、今回、『霊光石』の精錬を担当したアーリエです」

「ほう。あなたが『霊光石』を」

「あなたの腕の良さは我々も聞き及んでいますよ。『金色の鷹』よりも速く『霊光石』を準備したそうですね」

「アーリエは街一番の精錬士です。『精霊（せいれい）の工廠（こうしょう）』の心臓と言っても過言ではないでしょう」

「いやぁ。そんなことないですよー」

アーリエは照れながらも満更でもなさそうにしていた。

ランジュの方はロランが紹介するまでもなく、戦士（ウォーリアー）の屈強な男達（たち）や海千山千の冒険者どもと盃を片手に渡り合っていた。

「よお。お前んとこのギルドが『銀製鉄破弓』を作ったそうだな」

「俺にも銀製の武器を作ってくれよ」

「ウチの武器は高いっすよ。一振り50万ゴールドからです」

「うへぇ。そいつは手が出ねぇ」

「ちょっとした馬車が買えちまうな」

「どうだ若いの。一つ飲み比べでというのは」

「いいな、それ。もし俺達が勝ったらタダで武器を作ってくれよ」

「いいっすよ。ただし、俺が勝ったら100万ゴールドの武器購入してもらいますよ」

「やめだ。やめ。普通に飲もう」

「おい、なんだおめぇ、意気地がねえな」

その場にどっと笑いが沸き起こる。

ロランは『精霊の工廠』のメンバーが全員、きちんと宴に溶け込んでいるのを確認した後で、リリアンヌのいる席へと向かった。

「リリアンヌさん。お招きいただきどうもありがとうございます」

「あら、ロランさん。そんな他人行儀にしなくても。あなたはもう『魔法樹の守人』の一員なんですから」

リリアンヌはほっぺをほんのり赤くしながらもはっきりした口調で言った。

さして酔っ払ってはいないようだった。

彼女は先ほどからお酒をほとんど飲まず、勧められても少し口をつけるくらいに留めていた。

上役としての立場からか、ロラン同様、自分よりも他の人が楽しむように気を遣っているようだった。

「ありがとうございます。ただ、一応『精霊の工廠』としての身分もありますし」

「ふふっ。あなたも大変ですねぇ。色んな肩書きを持っていて」

リリアンヌはクスクスと笑った。

2人はしばらくの間、隣同士で座って、語らい合った。

2人で『金色の鷹』を打倒しようと誓い合ったあの日のこと。

『精霊の工廠』の立ち上げから、品評会、ロランが特別顧問に就任するまで。

「思えばここまで長かったですね」

リリアンヌが遠い昔を嘆じるように言った。

「ええ。でもまだまだこれからですよ。『金色の鷹』がこのままやられっぱなしで終わるとは思えません」

「そうですね。これからも気を引き締めていかなければ」

しばらく2人で話していると、モニカ、シャクマ、ユフィネの3人がやって来る。

「ロランさん。正式に『魔法樹の守人』の指導係に就任したそうですね。おめでとうございます」

3人は1人1人、酒瓶を持って来て、感謝の気持ちを込めてロランの盃に酒を注いだ後、側に座った。

ロランは期せずして、4人のうら若き女性に囲まれた。

「ロランさん、楽しんでいますか？　えっ？　全然飲まれていないではないですか。もっと飲まないとぉ」

シャクマはすっかり呂律の回らない様子でロランに絡んで来た。

もうすでにかなり出来上がっているみたいだった。

ロランに突然抱きついてきたり、口に盃を押し付けて来たり、犬のように頬ずりしたりして、じゃれ合ってきた。

「シャクマ。だいぶ出来上がっているようだね」

「そんらことありあせんよ。わらしは全然酔ってなんかいません」

シャクマはそう言うと急に涙ぐみ始めた。

「ううっ。ロランさーん」

「どうしたんだよ。急に泣いたりして」

「私はあなたに感謝しているんです。冒険者としてやっていけるか自信がありませんでしたが、あなたのおかげで一躍Bクラスに昇格できて。本当に勝利の女神ですよ、あなたは！」

「僕にとっては君達が勝利の女神だよ」

「女神に祝福のキスを」

シャクマはロランのほっぺにキスをする。

しかし、ロランにとって、シャクマのキスは子犬にほっぺをなめられているような気分にさせるものだった。

　彼女の小柄な体格も相まって、ますますそう感じさせた。

　ロランは彼女の頭を撫でてやり、他の3人は生温かい目で2人の様子を見守った。

「ううっ、ロランさーん」

　その後もシャクマは同じことを繰り返し言って、ロランにしがみつき続けた。

　その間、ユフィネは無表情でチビチビお酒を飲んでいたし、モニカは大人しく後ろの方で困ったように微笑んでいた。

　しばらくするとシャクマは酔いつぶれてしまい、ロランの膝を枕にして眠り込んでしまった。

「あーあ。こいつったら。一応上司なのに。失礼しちゃって。すいませーん。毛布貸してくださーい」

　ユフィネがシャクマをロランから引き剝がして、介抱する。

「あれ？　天井が下で床が上？　おかしいですねぇ。世界が真っ逆さまですよ」

　シャクマは長椅子に寝転がりながらうわごとのように言った。

「モニカ、こっちへおいで」

　ロランがそう声をかけるとモニカは遠慮がちにロランの隣に座る。

「3人とも凄いね。ダンジョンを攻略するなんて」

「いえいえ、ロランさんのおかげですよ」

「君が『甲羅を着た竜(タートル・ドラゴン)』にトドメを刺したんだろ?」

「ええ、でもいいのかなって思っちゃいます。こんな風に持ち上げられちゃって。ほとんどロランさんのおかげなのに」

「そんなことないよ。ダンジョンを攻略したのは、君の努力と実力の賜物(たまもの)だ。君は栄誉を受けるにふさわしい功績を挙げたんだ。もっと誇らしげにしていいんだよ」

「そう……ですかね。でもロランさんがそう言ってくださるなら、そうしよっかな」

「ああ、今はまだ周囲の変化に戸惑いを受けているかもしれないけれど、やがてはしっくりくるようになる。それまで待てばいいよ」

「ロランさん。幹部への就任、改めておめでとうございます」

シャクマをどかしてロランの隣に座って来たユフィネが言った。

ユフィネは肩と膝がくっつきそうな距離までロランの側に近寄る。

「私は初めから、ウィリクよりもロランさんの方がいいと思ってましたよ。ウィリクさん、あの人ったら本当に平凡なんだから。その上、負けを認めず逃げ出しちゃって。みっともないったらありゃしない。それに比べてロランさんの男気ときたら」

「はは。ありがとう」

「ねえ、ロランさん。来月の育成計画、もう決まってるんでしょ?」

ユフィネは探りを入れるような目でロランの目を覗き込んで来た。

「さあ、……どうしてそう思うんだい？」

「今後、『金色の鷹』との対立が激化していくことが予想されます。ロランさんほどの人が何も考えていないとは思えません。既存の部隊の強化から、新しい部隊の創設まで色々と考えているのではありませんか？」

「君に隠し事はできないな。その通りだ。色々と考えているよ」

「やっぱり。一体どんな計画を考えているんですか？」

「それはまだ言えないよ。まだ細部を詰めていないのもあるし、君達に聞かせるに相応しい内容でも時期でもないこともあるしね。ただ色々仕掛けようとしている、とだけ」

「えー。いいじゃないですか。聞かせてくださいよぅ」

ユフィネはロランの腕をとって少し甘えるような口調で言った。

普段から誰に対してもドライな態度を見せる彼女にしては珍しい仕草だった。

「ダメだよ。大人の事情もあるんだから」

「ええー、私だってもう大人ですよ。試してみます？」

ユフィネはますますロランにくっついて、ますます腕を絡ませて密着してくる。

ロランの二の腕にはさりげなく彼女の胸が押し付けられた。

ロランは苦笑した。

「はは。そういう意味じゃないよ。別に君のことを子供と思っているわけじゃないんだ。経営上の話でね。守秘義務もあるし、部下にはあえて知らせない方がいいこともあるんだ。経営の話を聞かせてしまったがために、自分の仕事に集中してくれなくなっては困るだろう？」

「大丈夫ですよ。私、経営面の課題を聞いても、自分の仕事を疎かにしたりしません。冒険者としての成績も追求しながら、経営面でもお力になれます」

「なるほど。確かに君はそうかもしれないね。でも、そうだな。そういう話に加わりたいのなら、まずは君が『魔法樹の守人』の幹部になってからだね」

「つれないなぁ、ロランさんは。ちょっとくらい教えてくれてもいいじゃないですか」

「どうしたんだい？　なんだか妙に絡んで来るね。君らしくない」

「では、ロランさん、率直に聞きますが、私はAクラスの治癒師になれますか？」

「ああ。なれるよ」

「本当？　嬉しい！」

「むしろ君にはそれくらいなってもらわなければ困るよ」

「じゃあ、来月は私の育成を優先してくださいね。今月はモニカを集中的に鍛えたんですから」

「もちろん、君にはもっと頑張ってもらうよ。今後は、『金色の鷹』との競争がより激しくなっていくんだ。君には今まで以上に頑張ってもらわなくっちゃ」

「はい。私、頑張ります。ゆくゆくはリリアンヌさんのように部隊長になって、いずれはロランさんの右腕になれるように！」

「うん。その意気だ」

「ロランさん。今回、ダンジョン探索をしていて、部隊運用についていくつか疑問に思ったことがあるんですが、質問していいですか？」

「ああ、どうぞ。答えられる範囲でだけどね」

モニカはロランとユフィネが話している間、モヤモヤした気持ちでいた。

先ほどからロランはユフィネのことばかり構っている。

ユフィネがこんな風にアピールできる子だったなんて。

自分もロランに話しかけたいが、ユフィネのように積極的にアピールするなんて、とてもできない性格だった。

（こんなことならずっとチアルちゃんと話していればよかったな）

モニカはしばらくいじけたような陰鬱な表情で二人の会話に耳を傾け続けた。

「では、高低差のある土地での布陣ですが……」

「高低差のある土地では、弓使い（アーチャー）の運用が重要になってくるね。でもそれは僕よりもモニカに説明してもらった方がいいかな。モニカ説明してくれる？」

モニカはロランに話を振られてパッと顔を明るくする。

今の彼女にとって、ロランに声をかけられることは、砂漠に滴る一滴の水、暗い洞窟に差し込む一条の光、飢えた者に施される一切れのパン、にも等しい天からの恵みだった。

すぐに息急（いきせ）き切って話し始める。

「はい。高低差のある土地において、弓使い（アーチャー）の運用で気をつけるべきことは、日差し、風向き、建物の構造、敵との距離、そして味方との距離です。高所を占拠すれば射程が伸びるので味方との距離は軽視しがちになりますが、どれだけ高所を占拠しても地上部隊から孤立してしまっては敵の標的になりやすいため、う、ゲホゲホッ」

「あはは。そんなに急いで喋（しゃべ）らなくても大丈夫だよ」

「あっ、すみません。私ったらつい……」

モニカは顔を赤くして俯（うつむ）いた。

「ちゃんと最後まで聞いてあげるから。ゆっくりしゃべってごらん」

「はい……」

（ロランさん。私のことちゃんと気にかけてくれてたんだ。やっぱり優しい人）

その後はモニカも身を乗り出して、ユフィネと競い合うようにして会話に加わった。

ロランは2人の間でバランスをとって間違いが起こらないように気を使った。

リリアンヌはというとその間、ずっと3人の会話には口を挟まず、グラスに入れたブドウ酒をゆらゆら揺らしながら、余裕を漂わせた雰囲気で2人の少女がロランの気を引こうとする様子を眺めていた。

「おーい。今回の陰の殊勲、鑑定士ロランはどこだー？」

　1人の酔っ払った男が大声を上げた。

戦士の男だった。

　それをきっかけに酒宴の中心で騒いでいた連中が、ロランを探し始めた。

「おっ、こんなところでしっぽりやっていたのか。ダメじゃねーか。お前も騒がなくちゃ。ホラ、こっち来いよ」

「我らが鑑定士に乾杯！」

「これからも頼むぜ」

　ロランは大男達に引っ張られて中央で叩かれたり、引っ張られたり、お酒を飲まされたりして揉みくちゃにされる。

「いや、参ったな。あんまりお酒には強くないんだけれど」

　ロランは酩酊しながら子供の笑い声と机の上をドタドタ走る音を聞いた。

　チアルが上気した顔で机の上を走っていて、ランジュが追いかけているようだった。

「こら、テメッ。待ちやがれこのガキ。結局飲みやがって」

「キャハハハハ」

周りの者達は2人を見てドッと笑い声を上げる。

ほとんどの者が面白がって、チアルのために皿や酒瓶をどかせたりしていた。

ロランは少し乱暴に扱われながらも、ようやく自分のやってきたことが認められ、報われる幸せを味わっていた。

それはようやく自分の居場所を見つけられた幸せだった。


やがて宴もたけなわになり、解散の運びとなった。

参加者の中には心地よく酔っている者、酔いつぶれている者、ピンピンしている者など様々だった。

元気な者達は酔いつぶれている者を介抱して、帰路について行く。

幹事であるロランとリリアンヌは、酔いつぶれて道端で眠るような者が出ないように、全員がきちんと帰るのを確認するためにその場に残った。


「ふあぁーあ。よく寝た」

起き上がったシャクマが伸びをしている。

ユフィネは反対に青い顔をして俯いている。

「大丈夫？」

モニカが心配そうに尋ねた。

「不覚だったわ」

「無理して飲みすぎだよ」

ユフィネはモニカの肩につかまりながらフラフラした足取りで帰って行った。

ランジュはチアルを背中に背負っていた。

「ったく。最後まで面倒かけやがって」

「では、お先に失礼します」

「うん。気をつけてね」

モニカ達やランジュ達はロランに挨拶をして帰って行く。

ロランとリリアンヌは主催者として、酔いつぶれている者達が回復するまで付き添ってあげた。

全員が最後まで帰るのを見届けると、ロランはリリアンヌを家まで送って行くことにした。

「楽しかったですね。ロランさん」

「ええ、おっと」

「あ、大丈夫ですか？」

リリアンヌはよろけているロランに肩を貸し与えた。

背の高い彼女は、ロランにとってちょうどいい支えになった。

「すみません。僕も少しばかり飲みすぎたようです」

「ふふ。いいんですよ。このまま帰りましょう」

2人は肩を貸し合いながら夜道を歩いて行った。

「大丈夫ですか？　気分は悪くありません？」

「ええ、むしろ久しぶりに仲間と言える人々と一緒に酔って騒ぐことができて、心地良い気分です」

「若い女の子達に囲まれてチヤホヤされていましたものね。みんな可愛らしい子ですし、ロランさんとしても満更でもなかったのでは？」

「ははは。そんなことありませんよ」

「今のロランさんなら選り取り見取りですよ？」

「やだな。彼女らは部下です。変な気を起こすことなんてありませんよ」

2人はリリアンヌの自宅まで辿り着いた。

「今日はありがとうございました。それでは僕はこれで……っと」

「ああ、危ないですよ」

リリアンヌはロランの手を取って再び支えた。

「すみません。いけないな。いつもあなたには迷惑をかけてばかりですね」

「いいんですよ。むしろもっと頼って欲しいくらい」

「そうも言っていられませんよ。もう人の上に立つ立場なんだから。もっとしっかりしないと」

「ストイックですねぇ。でも大丈夫ですか？　そんな足取りでは家まで辿り着けないでしょう？　少し休まれた方がいいのでは？」

「そうですね。その辺りの道端で少し夜風に当たってから帰ることにします」

「こんな寒空の下にわざわざいなくても。どうです？　ここは私のお家に上がって行っては？」

「えっ？」

ロランは思わずリリアンヌの方を見た。

彼女の顔は思っていたよりも近くにあった。

熱っぽく自分を見つめる瞳が飛び込んでくる。

彼女はいつの間にかロランの腕に自分の腕を絡ませていた。

そのままロランに体を預けて来る。

服の上からでも彼女の体のふくよかさと柔らかさが伝わってきた。

それはユフィネやシャクマのような少女とは違う、大人の女性の体つきだった。

ほんの少し顔を動かしただけで彼女の唇に触れてしまう。

ロランは反射的に顔を逸らした。

「ね、ロランさん。泊まっていってくださいよ。いいでしょう?」

「ダメですよ、リリアンヌさん。僕とあなたでは釣り合いませんよ」

「またあなたはそんなことを言って。あなたが私を強くしすぎたせいで、私は重責をずっと1人で背負ってきたんですよ。1人だけAクラスの重責を……」

「リリアンヌさん……」

「ちょっとくらい頑張ったご褒美をくれてもいいじゃないですか。ね、先生?」

ロランはリリアンヌに『先生』と呼ばれてクラクラしてしまった。

彼女は、未だに自分から指導を受けたことを覚えていて、ずっと感謝し、尊敬し続けてくれていたのだ。

そうして、今、身も心も自分に捧げてくれるという。

心は生徒だったあの時のまま、体はより一層女性らしく成長して。

ロランは目の前に広がった幸せに、前後不覚になってしまう。

彼女に導かれるまま、扉をくぐって、ベッドまで連れて行かれる。

2人を入れた家の扉は、翌朝まで開くことはなかった。

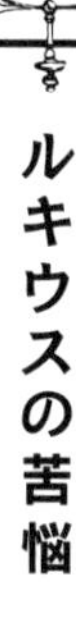

ルキウスの苦悩

ロランはカーテンから漏れるやわらかな日差しで目が覚めた。

日差しの強さと暖かさから、すでに太陽は昇り切っていることが分かった。

(もうお昼か)

ロランが傍を見るとリリアンヌが一糸纏わぬ姿でスヤスヤと眠っている。

「うぅん。ロランさん……ムニャ」

彼女は生まれたばかりの赤子のように安らかな表情で眠っていた。

この分だとまだ起きそうになかった。

ロランは無理もないと思った。

昨夜の彼女は情熱的にロランを愛してくれた。

精力的な彼女はロランが疲れて仰向けになった後も、ロランの上に覆いかぶさって続きをおねだりしてきた。

指と舌を駆使してロランを奮い立たせ、上に跨って行為にふけった。

おかげでロランは精も根も尽き果てて沈むように眠った。

そして、疲れ果てたのは彼女も同じようだった。

今、彼女は連日の激務と緊張から解放されて、ようやくまともな睡眠をとっている真っ最中だった。

彼女の顔は至福に包まれていた。

ロランは彼女の寝顔を見て、自分の胸の中がじんわりと幸せで満たされていくのが分かった。


ロランがリリアンヌ宅に泊まる数日前、ルキウスはというと、『金色の鷹（たか）』の本部で出資者達に絞られていた。

出資者達はルキウスにまたしても『魔法樹の守人』にダンジョンを取られてしまったことについて説明を求めた。

そして彼のミスについて厳しく追及した。

「どういうことだね？　ルキウス」

「なぜAクラス冒険者を多数抱えていながら、後れを取るんだ？」

「『魔法樹の守人』は新規部隊を創設するともっぱらの噂（うわさ）だよ」

「いよいよ、『金色の鷹』は窮地におちいりますな」

「いやはや、あの盤石だった体制から、一体どうすればここまでギルドを傾けられるのか。是非ともお聞きしたいものだ」

「これは君の責任問題だよ。この損失、いったいどう埋め合わせるつもりかね？」

ルキウスはいつも通り、口八丁手八丁で誤魔化そうとしたが、損失があまりに大きいため、いかに彼の口が達者とはいえ、出資者達の追求をかわしきることはできなかった。

結局、出資者達の利益を守るため（そして自己保身のため）に、ギルドメンバーの給与減俸とリストラを行うことを約束せざるを得なかった。


夕方になって、ようやく出資者らの小言から解放されたルキウスは、薄暗がりに包まれつつある執務室で財務表を開いた。

（ダメだ。今の人件費では、利益を出すどころかどうやっても今月の支払いすらままならない。やはりリストラと給与カットしかないか）

ルキウスは簡単に計算してみる。

（最低でも冒険者の半分は解雇しなければならないな。残りの冒険者のほとんども減俸は避けられまい。反発は必至か。と、なれば押さえ込まなければなるまい。奴らが考える力を失うくらいにコキ使い、イジメ倒すのだ。過去の行状を全て掘り返し、非難しよう。罪悪感につけ込んで、どこまでも過酷な労役を課す。ボロきれになるまで使い倒すのだ）

「失礼します」

ギルド長室に秘書の女の子が入って来た。

「ギルド長。『魔法樹の守人』からダンジョン経営の協力要請が来ています。部隊を一つと傘下の錬金術ギルドから『鉱石採掘』B以上の錬金術師を派遣して欲しいとのことです」

「相場の2倍の額をふっかけろ。それ以下で交渉の余地はない。そう返事しておけ」

「は、はい。分かりました」

秘書の女の子は『魔法樹の守人』に返事をすべく部屋を後にした。

続いて、ディアンナがやってくる。

「ギルド長。『魔界のダンジョン』の経営についてですが……」

「ああ、今、方針をまとめたところだ。これだけの収入をあげるよう、全部隊に通達しろ」

「えっ？　こんなに？」

ディアンナはルキウスから渡された書類を見て目を丸くした。

そこには通常『魔界のダンジョン』からあげられる収益の2倍の額が記載されていた。

「そうだ。もし、人手が足りないなら事務員やら営業やらもダンジョン経営に回して肉体労働をさせろ。薬草一つでさえ取りこぼさないつもりで草の根掻き分けてでも資源を採取するんだ。仕事がなければ、自分で探せ。ギルドのメンバーにはそう伝えろ」

「わ、分かりました」

ディアンナは全部隊に通達を出すべくギルド長室を出て行く。

（財政難はこれでいいとして、問題は来期のダンジョン攻略か。このままでは確実に負ける。どうにか『魔法樹の守人』の戦力を削ぐ方策を考えなければ。新規部隊の創設だと？　くそっ、忌々しい。そういった部隊の増設などは我々『金色の鷹』の独壇場だったはずなのに）

ルキウスは答えの出ない難問に頭を抱えるのであった。

た。

永遠に存在するかに思えた地面が急にぐらつき始め、崩れ始めたかのような気持ちだっ
ベテランから新人まで、誰もが自分の首が切られるんじゃないかと戦々恐々としていた。

リストラの噂はすでに末端の会員にまで伝わっていた。

『金色の鷹』はまるでお通夜のような雰囲気だった。


そんな中、ジルはドーウィンに不満をぶつけていた。

「だから言ったじゃないか。ロランさんを追放したらマズイって」

ドーウィンはげんなりした顔で彼女を見る。

「今や、『金色の鷹』の優位は揺らぎつつある。以前までは三つ全て取れていたはずのダンジョンは1つしか取れず、『魔法樹の守人』に2つもダンジョンを取られる始末。それだけじゃない。このままロランさんが『魔法樹の守人』を強化し続けていけば、『金色の鷹』は1つもダンジョンを取れなくなり、やがてはしがない下請け中小ギルドにまで落ちぶれてしまうぞ」

ドーウィンは壊れた剣を金床の上に置いて作業を始めようとする。

　ジルはドーウィンの肩を掴んで揺さぶった。

「なぁ、おい。聞いてるのか？　ドーウィン。ドーウィンったら」

「うるさいなぁ」

「うるさいも何もない！　そもそも、あいつは……、ルキウスは一体何がしたいんだ。部隊の足を引っ張るような指示ばかり出してきて。あいつが変な指示さえ出さなければ、まだ勝負は分からなかったじゃないか。何を考えてるんだあいつは」

「ルキウスも自分で自分が何をしたいか分かっていないんだと思うよ」

「はあ？　どういうことだよ」

　ドーウィンはため息をついた。

「『金色の鷹』は大きくなりすぎたんだよ。人間も、部署も、部隊の数も、予算も膨大になって、全てに目を行き渡らせるなんてできやしない。おまけにルキウスは投資家とか取引先とか外向けの付き合いもある。内側の人間関係とか事情とかまで目が行き届かないんだよ。こういう時、代表者は外側の仕事だけに専念して、内側のことは他の人間に任せられればいいんだけど。あいつ全部自分で口を出したがるからさぁ。自分以外の人間を信用してないんだろうけど……」

「だったら、なおさらロランさんが必要じゃないか。ロランさんなら、人材を適材適所に効率よく配分し、部隊編成にも知恵を絞ってくれるはず」

「だーかーら、一度追放した人間を呼び戻すのはメンツに関わるんだって。そもそもルキウスはロランさんが嫌いだって。これ何回言ったら分かるの君？」

「そんなこと言ってる場合か。このままじゃ『魔法樹の守人』にいる奴らはどんどんロランさんに育てられていって、ロランさんは私達のことなんて忘れてしまうぞ。ドーウィン。お前はなんとも思わないのか？　なあドーウィンったら」

「そんなこと言われても。僕にどうしろってんだよ」

「ルキウスに直訴しよう。今すぐロランさんを引き戻すように。みんなで頭を下げて大金を積み、誠意を示せば、きっとロランさんだって昔の誼を思い出してくれるはず。とにかく是が非でもロランさんを連れ戻そう。それしかない。このままじゃ、急がないと間に合わなくなってしまう。『魔法樹の守人』の方が大きくなって、『金色の鷹』の資金的優位が揺らいでしまってからじゃ遅いんだぞ」

ドーウィンは今日何度目になろうかというため息をついた。

「だからルキウスはロランさんに頭を下げないっつーの。もう諦めなよ。どれだけ泣こうが喚こうが、契約が切れるまではこのギルドで働き続けなければならない。我慢するしかないね」

ドーウィンはそれだけ言うとそっぽを向いて、ハンマーで剣を叩き始める。

ジルはしばらくの間、ジトッとした目でドーウィンのことを睨んでいたが、急に俯き始める。

「そうか。なるほどなるほど。つまりルキウスは、どうあっても、たとえギルドがどれだけ傾こうともロランさんを戻すつもりはないと。つまりそういうことだな？」

「……まあ、そーいうことだね」

ジルは納得したようにウンウンとうなずいた後、急に吹っ切れたようにニッコリと笑った。

「要するに全ての問題はルキウスなわけだ。あいつがいるせいで部隊には変な指示が飛ぶし、ロランさんはギルドに帰ってこれない」

「……そーだね」

「つまり、ルキウスさえ……、あいつさえギルドから追放すれば、全ての問題は解決される。そういうわけだな？」

「えっ!?」

ドーウィンは思わず振り返ってジルの方を見た。

そして彼女が浮かべる酷薄な笑みを見てドキリとする。

「そうか。よーく分かったよ。ありがとなドーウィン。話に付き合ってくれて」

ジルは立ち上がって部屋から出て行こうとする。

「ちょっと。どうするつもりだよ」

「直に分かるさ」

ジルはそれだけ言うと扉を閉めて、部屋を後にした。

『金色の鷹』の職員の誰もが項垂れて、どうなるとも知れない明日の恐怖に怯えている中、1人だけ楽天的な様子の人間がいた。

Aクラス冒険者のセバスタである。

多くの人間が将来の不安に怯えながら仕事している中（どれだけ身分が不安定であろうともギルドから課されたノルマをこなさなければならない）、彼だけは鼻歌交じりに本部の廊下を歩いているのであった。

「よう。どうした？　暗い顔をして」

「あ、セバスタさん」

項垂れている会員の1人にセバスタが肩を叩きながら呼びかけた。

「そんな暗い顔をしていては幸運が逃げていくぞ。ワハハハハハ」

セバスタは豪快に笑いながら歩いて行く。

肩を叩かれた会員はセバスタの背中を眺める。

「セバスタさん。ご機嫌だな。ギルドがこんな状況だっていうのに」

「あの人はAクラス冒険者だからな。俺達のような平会員と違ってリストラの不安なんてないんだろうよ」

　そう言って彼らはますます肩を落としながら廊下を歩いて行くのであった。

　事実、セバスタは自身の進退について楽観的だった。

　彼は来年で契約切れするものの、契約は問題なく更新されると思い込んでいたし、そればかりか増額もありうると思っていた。

「セバスタさん。法務部の方がお呼びですよ」

「お、来たか」

　ロビーで座っていたセバスタは、係員から呼び出しを受けて、その肥満気味の体を大儀そうに起こした。

　心躍らせながら法務部に入る。

（さて、ギルドはいくらほど給与を増額するつもりかな？　この俺と契約を継続したいのであれば最低でも月１００万ゴールドは増額してもらわんとな）

　セバスタは給与の増額によってできる新たな贅沢について考えを巡らせながら、交渉の席に着くのであった。

　しかし、提示された新しい契約書を見たセバスタは、その大きな顔をみるみるうちに赤くし、青筋を立てたかと思うと、部屋を飛び出していくのであった。

「ルキウス！」

セバスタはギルド長の部屋の扉をバァンと勢いよく開けて、肩をいからせながら入室する。

ルキウスはギョッとして、帳簿を机の下に隠した。

「なんだセバスタ。いきなりドアを開けたりして。ノックくらいしたらどうだ？」

「そんなもんどうでもいいわ！　それよりも！　なんだこの契約書は？　一体どういうことなのか説明してもらおうか」

「なんだ？　一体何が不満だというのだ？」

「なんだもかんだもない。俺の給与を50万ゴールドも減らすとは、一体どういうことなんだ！」

セバスタはルキウスの机に契約書を叩きつけた。

「なんだそんなことか」

ルキウスは疲れた顔をしながら椅子に座りなおす。

「君の耳にも入っているだろう、経営効率化の話は？　君達がダンジョンでヘマをしたせいで、私は今、金策に追われているんだよ。毎月、安定して入っていた収入源が断たれてしまったからね」

「そんなもの、下級職員を減俸なりリストラなりして、費用を捻出すれば済むだけの話だろうが！」

「それだけでは足りないから君の給与を引いているんだよ」

ルキウスはめんどくさそうに言った。

「話がそれだけならもう出て行ってくれないか。先ほど言ったように私は忙しいのだ」

しかしセバスタは納得せず、ルキウスに抗議し続けた。

ついにウンザリしたルキウスは彼を脅すことにした。

「これ以上駄々をこねるようであれば、背反行為とみなし、罰則を適用するぞ！」

しかし、それでもセバスタは自分がいかにこのギルドのために骨身を惜しんで、尽くして来たかを熱弁し続けるため、ルキウスは本当に罰則を適用してしまった。

セバスタは罰金20万ゴールドの支払いと共に自宅謹慎を命じられた。

「こいつをつまみ出せ」

セバスタはルキウスの側近によって無理矢理部屋から追い出される。

「おのれルキウス。貴様がそのつもりならこちらにも考えがあるぞ」

セバスタは再びギルド長の部屋を襲撃し、ルキウスに辞表を叩きつけた。

「また貴様か。一体どういうつもりだこれは？」

「見ての通りだ」

セバスタは意地悪くニヤリと笑った。

「もし貴様が契約を改めて提示しないと言うのなら、私はこのギルドを辞めさせていただく」

「そうか。ではこの辞表を受け取ろう」

ルキウスは毅然とした態度で辞表を手に取り机の引き出しに入れた。

「なっ」

セバスタはワナワナと震える。

「どうした？　これでもう貴様は『金色の鷹』とはなんの関係もない。どこへなりとも勝手に行けばいい。ただし、違約金についてはきっちりと支払ってもらうからな」

セバスタの契約はまだあと1年残っているため、今、辞めれば違約金を支払う義務が発生した。

セバスタは顔を真っ赤にしたが、すぐに怒気を引っ込めるとニヤリと意地悪く笑った。

「ふん。後で吠え面をかくなよ」

セバスタはそれだけ言うと、『金色の鷹』を後にする。

実のところ、この時2人の考えていることは全く同じだった。

（どうせすぐに困って向こうから頭を下げてくるだろう）

「くだらん駄々をこねやがって。Aクラス冒険者だからといってなんだと言うのだ。ギルドの力もなしに人を揃えられるのか？　部隊を編成できるのか？　アイテムを用意できるのか？　装備を用意できるのか？　そもそも違約金すら払えんだろ。誰が金を調達しているから冒険者として食っていけていると思っているんだ？　全く馬鹿馬鹿しい。育ててもらった恩を忘れて図に乗りやがって」

ルキウスはそれだけ言うと、また帳簿を引っ張り出して金策について頭を悩ませるのであった。

セバスタは『金色の鷹』を飛び出したその足で『魔法樹の守人』へと向かった。

（ルキウスめ。強がりおって。しかしそっちがその気なら俺にも考えがあるぞ。『魔法樹の守人』に加入して『金色の鷹』に一杯食わせてやるのだ。『魔法樹の守人』なら俺の違約金も支払えるだろう）

実際、ギルド間で人材を引き抜きたい場合、スカウトする側のギルドが本人の代わりに違約金を支払って移籍金代わりにするというのは、冒険者ギルドの間で広く認められている慣習だった。

（『魔法樹の守人』のような二流のギルドなら俺のようなAクラス冒険者をありがたがって受け入れるに違いない。二流ギルドに入らねばならんのは、耐えがたい屈辱だがやむをえん。今は不遇を耐え忍び、二流ギルド会員の誹りを甘んじて受け入れよう。そしてルキウスが謝罪とよりよい条件を提示してくるまで待つのだ）

そうして意気揚々と『魔法樹の守人』に駆け込んだセバスタだが、『魔法樹の守人』のギルド長はセバスタの話を聞いてギョッとした。

ギルド長はセバスタのことをてっきりルキウスからの使いだと思っていたのだ。

しかし、実際に話を聞いてみればセバスタはすでに『金色の鷹』を退団していると言うし、ルキウスに一杯食わせようとしていると言う。

（冗談じゃない。これ以上『金色の鷹』との仲をこじらせるわけにはいかない）

今月、『金色の鷹』の快進撃に土をつけた『魔法樹の守人』だったが、ギルド長はいまだに『金色の鷹』とルキウスのことを恐れていたため、セバスタの申し出を断り、来た時と同様丁重に送り返すのであった。

「おのれ！　なんだ奴（やつ）らのあの態度！　二流ギルドの分際で、この俺の申し出を無下に扱いおって！」

しかし腹を立てていても始まらない。

このままでは、ルキウスから違約金を請求されニッチもサッチも行かなくなってしまう。

業を煮やしたセバスタは、ルキウスに反旗をひるがえすことにした。

セバスタ隊の縁故あるものに檄文（げきぶん）を送り、ルキウスの圧政を罵り、各員の蜂起を促した。

全員でストライキを起こし、ルキウスに待遇の改善とセバスタの復帰を要求するのだ。

ところが、セバスタの誘いに乗る者は1人としていなかった。

セバスタの元部下からは以下のような返事が帰ってくるのみだった。

「我々は『金色の鷹』に所属している以上、ギルドからの指令に従わなければならない。セバスタ殿は現在、『金色の鷹』に所属してもいなければ、我々の上司でもない。よってあなたの命令に従うことはできないし、ましてやあなたの指示をギルドからの指令よりも優先することはできない。悪しからずご了承いただきたい」

「ぐ、ぬ、ぬ」

セバスタはかつての部下の中で自分についてくるものが1人もいないことに憤慨しつつも愕然とした。

セバスタの部下達は組織の上下関係であるため、表向きセバスタにおもねっていたが、内心では任務の度にワガママを言う彼にウンザリしていた。

たまに飲みに連れて行ってもらうことがあっても、それすら彼らはパワハラだと感じていた。

肥大したセバスタの自我はもはや部下にとっても迷惑以外の何物でもなかった。

（おのれこいつら。あれほど俺が目をかけてやったというのに。まさかこんな恩知らずな奴らだったとは）

進退極まったセバスタは悩みに悩み抜いた末、ついに一つの妙案を思い出した。

（そうだ。ロランだ。奴は俺に恩があるはず。あいつならなんとかしてくれるかもしれ

ん）

実際には、ロランの方が当時伸び悩んでいたセバスタに躍進のきっかけを摑ませてやったのだが、セバスタの頭の中では、彼の方がロランの世話をしたことになっていた。

セバスタはロランの自宅に向かった。

「ロラン！　ロラン！　俺だ。セバスタだ。『金色の鷹』にいた時、世話をしてやっただろう。話がある。ロラン。出てこんか」

しかし、どれだけドアを叩いてもロランは出てこなかった。

その頃、ロランはリリアンヌの家で、恋人同士の甘い時間の続きを楽しんでいる最中だった。

お昼になってからようやく起きたリリアンヌが、またロランに甘え始めたのだ。

「リリィ。そろそろ出勤しないと」

「いいじゃありませんか、今日くらい」

リリアンヌはしなをつくりながら、ロランをベッドに引っ張り込む。

「みんなが慌てふためいている間、私達二人だけ、ゆっくり楽しみましょう」

「全く仕方のない女だな。今日だけだよ」

「はい」

リリアンヌはロランの首に腕を回してキスをする。

ロランはリリアンヌの白磁のような背中に手を回して抱きしめる。

彼女の滑らかで柔らかい肌は、すぐにロランを心地良い刺激へと誘っていった。


「ええい。どいつもこいつもこの俺をコケにしやがって」

セバスタはロランの自宅を後にして、道端に飛び出した。

しかし、今の彼に行くアテなどどこにあるのだろう？

セバスタはどこへともなく駆けて行く。

「セバスタさん？　もしやあなた、Aクラス冒険者のセバスタさんではありませんか？」

「誰だ！　俺の名を呼ぶのは」

セバスタが振り返るとそこには見知らぬ男がいた。

「よかった。やはりセバスタさんでしたか。私、裁判所から派遣されてきた者です」

「裁判所だと!?　裁判所が俺に対して一体何の用だ？」

「『金色の鷹』様より契約違反の訴えが届いております。『貴殿はギルド・冒険者間に結ばれた契約に違反したにもかかわらず、いまだギルドに対してなんらの返事も補償もない。かくなる上は両名裁判所に出廷し、仲裁を求め、公正な判決が下されることを求む』とのことです。そういうわけで、裁判所としましては、両名で和解が成立しない場合、セバスタさんにも弁護士を立てていただいた上で、裁判所に出廷してもらいたく……」

「俺は訴えられるいわれなどない！」

「ちょっ、セバスタさん、何を？　グハァッ!?」

セバスタは裁判所からの派遣者を殴ってその場を逃れた。

これにより、セバスタは暴行及び公務執行妨害の罪により指名手配されることになる。

ギルドへの違約金も払えず、警察にも追われることになったセバスタは、その日のうちに着の身着のままで、冒険者の街から出て行ってしまうのであった。

Aクラス冒険者がギルドに造反した上で罪を犯し、逃亡したというこの不祥事は、『金色の鷹』に衝撃を与えた。

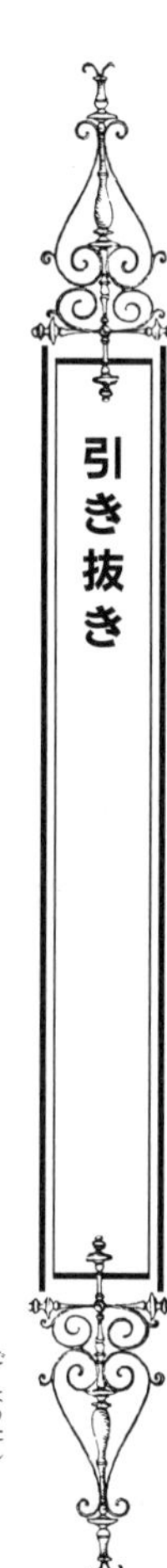

引き抜き

ルキウスは『金色の鷹』の出資者の1人である銀行家に呼ばれて、富裕層御用達（ごようたし）の高級飲食店に訪れていた。

ここは、街の資産家や大商人が秘密の会談や取引額の大きい商談を行う場として利用されていた。

（全く。この忙しい時に一体何の用なんだか。今後の事業計画については説明したばかりだろうに）

ルキウスが店に入るとすでに来店していた銀行家が個室で葉巻を燻（くゆ）らせているところだった。

「申し訳ありません。お待たせしてしまったようで」

「いやいや、先に楽しませてもらっているよ。では早速だが、商談に移ろうか」

銀行家は葉巻を灰皿に押し付けた。

「なんですって？」

ルキウスは今しがた銀行家によって突き付けられた残酷な通達に愕然とした。

銀行家は眉一つ動かさず椅子に深く腰掛けてルキウスの方を見続けている。

「今季限りで『金色の鷹』から資金を引き上げたいって……。そんな！　なぜですか？　一体どうしてこのタイミングで？」

「なに、簡単なことだ。君のビジネスに魅力を感じられなくなったからだよ」

銀行家は葉巻の煙を燻らせながら言った。

紫色の煙が室内に立ち込める。

「そんな……待ってください。確かに今月は『魔法樹の守人』に後れを取りました。しかし、まだ総合力では我々の方が上です。もう一度チャンスを……」

「鑑定士ロラン……」

銀行家が呟くように言った。

ルキウスは顔を強張らせる。

「悪いが調べさせてもらったよ。ロラン・ギル。この街唯一のS級鑑定士にして育成のスペシャリスト。『金色の鷹』において多数のAクラス冒険者を育成してきた。功労者と言っていいだろう。にもかかわらず、ロランはどういうわけか先日、『金色の鷹』を追放されている。他ならぬ君の手でね。そして今、彼は『魔法樹の守人』に特別顧問として雇われている。彼が加入するのと時を同じくして『魔法樹の守人』は、Aクラス冒険者を輩出し、飛躍した。一方でロランを失った『金色の鷹』はというと、メンバーの昇格は止まり、ダンジョンを2つもライバルに取られるという失態をおかしている。つまり……」

「つまりこうおっしゃりたいのですか？　『金色の鷹』が街一番のギルドになったのは、ロランの手柄だと。私はロランの成果に乗っかっただけの無能であると」

「いやいや、そこまで言うつもりはないよ。ただ、鑑定士ロラン、彼を追放したのは、ミスだったのではないかね？」

「……」

「ロランは君がギルド長としてのし上がった原動力の1つであり、同志、いやむしろ親友とさえ言える存在だった。違うかね？　なぜ、彼を追放した？」

「……」

「まあ、答えたくないなら、それもいい。とにかく私としてはこれ以上君のビジネスに出資し続けるつもりはない。では、悪いがこれで失礼させてもらうよ」

「お待ちください！」

ルキウスは領収書を持って出て行こうとする銀行家の手を摑んだ。

「まだ話は終わっていませんよ」

「私に君と話すことはないのだが……」

「私にはございます」

銀行家はルキウスの必死の剣幕についつい怯(ひる)んでしまった。

「座り直していただけますね？」

銀行家は止むを得ずテーブルに座った。

「確かにロランはAクラス冒険者の育成に些か関与したかもしれません。しかし、だからなんだと言うのです？　彼がどれだけAクラス冒険者とその候補、アリクやセバスタ、ジルにドーウィンを育てたとしても、今、彼らは私の手の中にいます」

「……」

「そうです。彼がAクラス冒険者を育てるというのなら、我々はそれを買い上げてしまえばいい。資金力の面ではまだまだ『金色の鷹』の方が上。今回のダンジョン攻略で主導的な役割を果たしたあの3人、モニカ・ヴェルマーレ、シャクマ・ハキム、ユフィネ・レイエス、彼女らを引き抜けば、我々は再び『魔法樹の守人』に対して優位に立つことができるはず」

「ふむ。なるほど。確かにそうかもしれん。しかし、それならいっそのことロランを引き抜けばいいのではないかね？　あえてロランを『魔法樹の守人』に所属させておく意味はあるまい？」

「なっ、ダメですよそれは！　それでは意味がありません。ロランを『魔法樹の守人』に留めさせて、育成費用を『魔法樹の守人』に肩代わりさせておくからこそ意味があるのです」

「……」

「奴を呼び戻せばそれだけでバカバカしい費用がかかりますよ。そう。そうだ。そうだった。結局、奴を追放したのは、成果に見合わない多額の費用を要するからです。奴の要求に従ってホイホイ金を出していてはいずれギルドの経営は成り立たなくなりますよ。あなたは知りますまい。ジルやドーウィンが頭角を現す一方で、どれだけの無駄金が成果の上がらない新人冒険者達につぎ込まれたかを！　どうせ『魔法樹の守人』でも同じことをしているに違いありません」

「ふむ。そうなのかね？」

「ええ、そうです。所詮奴は新人に多額の資金を注ぎ込み、たまたま芽が出た者を拾い上げたに過ぎません。そんなことをしていては採算が合いませんよ」

「うむ。まあ、君がそう言うのなら任せるが……」

「失礼します。ギルド長」

２人が話しているとディアンナがやって来て、ルキウスの耳元に何事か囁いた。

「なに？　それは本当か？」

ルキウスは驚愕に目を見開く。

「ええ、確かな情報です」

「どうかしたのかね？」

銀行家が怪訝(けげん)そうに聞いた。

「いえ、大したことではありませんよ」

ルキウスはニッコリと微笑(ほほえ)んでみせた。

「とりあえずお話はこれで終わりということでよろしいですね？　では、私は所用がありますので失礼いたします」

ルキウスは席を立つとソソクサと店を後にした。

銀行家に声が聞こえない場所まで来てから、先ほど耳打ちされた件について話し合う。

「改めて聞くが、今の話は本当なのか？　セバスタが暴力事件を起こした末に街を抜け出したなんて……」

「ええ、ギルドにも警察がやって来ています。事情聴取をしたいと」

（チィ。セバスタの奴め。こっちが大変な時に手を煩わせやがって）

ルキウスは数日間、事件の火消しのために奔走することを余儀なくされた。

（ええい。どいつもこいつも俺の邪魔ばかりしやがって。かくなる上は……何としてもモニカ達の引き抜きを成功させなければ）

『魔法樹の守人』本部のロビーには、いつもより多くの会員がたむろしていた。

みなロビーで立ち話をしながらも落ち着かない様子でチラリチラリと入り口に目をやって、誰かを待ちわびるように訪れる人をチェックしている。

そしてついにお目当ての人物がやって来た。

「あっ、ロランさんだ」

「ロランさん。おはようございます」

ロランは忽ちのうちにギルドのメンバーによって囲まれてしまった。

「ロランさん。私のスキルも鑑定してください」

「ロランさん。俺にも何かアドバイスを」

みんなここぞとばかりにロランと繋がりを持とうとしていた。

なにせ彼に取り入ることができれば、Aクラス冒険者への道が開かれるのだから。

「わわ、ちょっと待って。まずは出勤しないと……」

ロランがそう言っても彼らは引き下がらなかった。

「お願いします。きっといいスキルが見つかると思うので」

「新しい部隊が創設されるというのは本当ですか？　だとしたら私も入れてください。きっと役に立ちます！」

「ごめん。会議があるんだ。それぞれのスキル鑑定と育成計画についてはまた後で連絡するから」

ロランはそう言って彼らのことをどうにか振り切るのであった。

モニカ、シャクマ、ユフィネの3人はロビーの隅からその様子を見ていた。

「大人気ね、ロランさん」

ユフィネが呆れたように言った。

「当然ですよ。実際、ロランさんのおかげで昇格できましたからね我々は」

シャクマが誇らしげに言った。

「ええ、部隊運用の面でも参考になることが沢山あったわ。これからも指導していただかなくては」

「はぁーあ」

モニカは2人の隣で盛大なため息をついた。

「どうしたのモニカ？」

ユフィネが不思議そうにモニカの方を見る。

「別にぃ。なんでもない」

彼女は俯きながら不貞腐れたようにそう言った。

「そう？　ならいいけど……」

「あっ、もうこんな時間ですよ。ギルドから言われてるスポンサー向けの仕事に行かなくっちゃ」

シャクマが壁に掛かった時計を見ながら言った。

「あ、私も今日、有名な吟遊詩人さんのインタビュー受けろとか言われてたっけ」

ジャーナリスト的役割を担う吟遊詩人からのインタビューは必要な仕事の一つだった。

「私もパーティーでスピーチするからその準備をするように言われてます」

「モニカ、あんたは？」

「私も画家さんと打ち合わせ……」

「それじゃ、3人とも別々ね。また後で会いましょう」

「うん。そうだね」

モニカは項垂(うなだ)れながら、2人と別れた。

「どうしたのあの子？」

「さあ？」

モニカが沈んでいるのは他でもない、それは昨日の出来事だった。

ロランとリリアンヌが連れ立ってギルドに出勤してきたのだ。

2人の家は別々の方向にあるはずなのに。

2人は「リリイ」、「ロラン」と互いに呼び合っていかにも仲睦(むつ)まじそうであった。

その様を見て、モニカは2人の間に何があったのか悟った。

彼女は自分の中に芽生えかけていた淡い想(おも)いが始まる前に終わったことを悟った。

（そりゃそうだよね。リリアンヌさん綺麗だし。頭良いし。ロランさんほどの人なら綺麗な人にいくらでも言い寄られるよね。はぁ）

彼女は、自分に対して優しくも厳しく接してくれるロランに、単なる上司以上の感情を抱いていた。

（この人だって思ってたのに。でも違った……。はぁ）

彼女は誰も見ていないところで、こっそりと涙を流すのであった。

一夜明けて一応立ち直ったものの、問題は今後もロランが自分の上司であり続けることだった。

手に入らないものを目の前で延々とチラつかされることほど辛いことはない。

それを思うと彼女は否が応にも憂鬱になってしまうのであった。

（はぁあ。もう冒険者やめよっかなぁ）

『魔法樹の守人』の訓練室でロランはモニカ達3人のスキルとステータスをチェックしていた。

「よし。それぞれ装備は身につけたね。それじゃ『スキル鑑定』させてもらうよ。力を抜いて、リラックスして」

ロランがそう言うと、3人は目をつぶって体から力を抜いた。

ロランは『スキル鑑定』と『ステータス鑑定』を発動させる。

【ユフィネ・レイエスのスキル】
『広範囲回復魔法』A→A
『単体回復魔法』A→A

（スキルは鈍っていない。ステータスからもやる気が充実しているのが伝わってくる。野心に偽りはないようだな）

「よし。ユフィネ。オッケーだよ」

「はい。ありがとうございます。どうでしたか？　私のスキルとステータスは」

「万全だよ。この分なら少し鍛錬の負荷を上げてもいいかもしれないね」

「はい。ぜひよろしくお願いします」

（よし。とりあえずアピール成功だわ）

ユフィネはロランにいいところを見せることができてガッツポーズをする。

（さて、次はモニカのスキルとステータスを……モニカ？）

ロランの顔が険しくなる。

「どうしたモニカ？　ステータスに乱調が見られるよ」

モニカはビクッとする。

「う、すみません」

「ステータスが乱れるのは、心身に不調をきたしている証拠だ。『鷹の目(ホークアイ)』は著しく体力を消耗させるスキル。体調管理の重要性は、君が一番よく知っているはずだよ」

「はい……」

「もしかして……何か悩みでもあるのかい？」

ロランは心配そうにモニカの顔を覗(のぞ)き込んだ。

モニカはぐっと言葉に詰まってロランの方を見つめる。

それは不満を訴えているとも、助けを求めているともとれる表情だった。

「モニカ？」

「いえ、なんでもありません。体調管理に気をつけます」

モニカは顔を伏せて表情を隠した。

「？……そうか。それならいいんだけど。それじゃあ今日の訓練行くよ」

ロランはモニカのトレーニングしている姿を心配そうに見つめた。

（やっぱり調子が悪いみたいだな。どうしたんだろう。いつもはすぐに相談してくれる子なのに）

モニカはロランに見られていることを感じながら自己嫌悪に陥っていた。

（ううう。ロランさんに怒られたし。もうヤダ……）


「ダンジョン経営の協力料が5億？」

「ずいぶん法外な価格だな」

「これは足下を見られてるのでは？」

「ただでさえ財務状況が逼迫しているというのに」

『魔法樹の守人』本部の一角で、幹部達が机を囲んで話し合っている。

ここは会議室。

彼らは今後の経営方針について話しているところだった。

しばらく話し合っていると、おもむろに扉が開かれて、１人の青年が入ってくる。

「すみません。遅くなりました」

「ロランさん！　待っていましたよ」

リリアンヌが笑顔で彼を自分の隣の席に迎えた。

「ずいぶん遅かったじゃないか」

ギルド長のラモンがうわべだけはにこやかに迎える。

「部隊のステータスを鑑定するのに時間がかかってしまって」

「さぁ。座ってください。今、新規部隊について話していたところですよ」

ロランは『魔法樹の守人』の幹部になったためこのような会議にも顔を出して、ギルド内の重要な決定に参画することができるようになっていた。

「では、会議を再開します。現在話しているのは新規部隊の創設についてです。リリアンヌ率いる第一部隊、ロラン率いる第二部隊に続いて、第三の部隊を設立すべきではないかという提案があがっています。部隊の隊長や編成についてご意見のある方は是非おっしゃってください」

「とりあえず第三部隊の隊長はモニカでいいんじゃないかね？　彼女はもうAクラスなんだ。部隊長を任せても誰も異議を唱えるものはいないだろう」

太ったギルド長は禿(は)げ上がった額の汗を拭きながら言った。

「待ってください。まだ彼女に部隊長を任せるのは早すぎます」

ロランが異議を唱えた。

「彼女はAクラスとはいえ、まだまだ新人です。特にAクラスになりたてのこの時期、こういう時こそ浮ついて足元をすくわれやすいものです。すでに彼女らには精神的緩みが見られます。モニカ、シャクマ、ユフィネの3人については、今はまだ部隊のことについてまで責任を負わせるべきではありません。彼女らについては引き続き僕の部隊に引き留めるのがよいかと思います」

「そうですね。では新規部隊の隊長については保留ということにしましょう。では次の議題へ」

　リリアンヌはロランの意見を聞くとすぐに次の議題へと移った。

　まるでロランの意見だけ聞ければ十分とでも言わんばかりであった。

「では次の議題ですが、新人の獲得について」

「新しい部隊の設立は保留するんだろう？　しばらくは新人を獲得しなくてもいいんじゃないかね？」

　ラモンが言った。

「いえ、新人は採りましょう」

　ロランが言った。

「先ほども申し上げたように、モニカ達３人にはクラスを大幅に上げた冒険者特有の緩みが見られます。無理にプレッシャーをかける必要はありませんが、気を引き締めてもらう必要はあります。新たに彼女らに匹敵する才能の弓使い（アーチャー）、支援魔導師、治癒師（ヒーラー）を獲得して彼女らにまだ競争が終わっていないこと、自分達の地位を脅かす存在はいくらでもいることを分からせる必要があります」

「そうですね。ではロランさん。新人の面接及び採用について、お任せしてもよろしいですか？」

　リリアンヌが少し甘えるような調子で言った。

「ええ、もちろん」

(ぐっ。リリアンヌめ。さらっとロランの権限を強化しおって)

ラモンは苦虫を噛み潰したような顔になる。

「では、モニカ達を育てるために新人は採用するが、新規部隊は棚上げにする。そういうことでいいね？」

「いえ、新規部隊は設立しましょう」

ラモンは口調に苛立ちを含ませながら言った。

「しかし、ではどうするのだ？　新規部隊の隊長はいない。まさか、君が2つの部隊を担当するというのか？」

「新規部隊を創設するには予算の問題もあるぞ」

財務部の者が発言した。

「ダンジョンを2つ攻略したとはいえ、実際に現金が入ってくるのは来月なんだ」

「それについては考えがあります。まずはこの資料を見てください」

ロランは幹部の者達に資料を配った。

その資料は『金色の鷹』と『魔法樹の守人』の戦力、そしてその他の冒険者ギルドの戦力について詳細に調査分析されたものだった。

「これは……」

「これは僕が考えた、3つのダンジョンを攻略するための人員配置及び新人の採用方針です」

「3つのダンジョン？　君は来期3つのダンジョン攻略を目指すというのかね？」

「はい。『魔法樹の守人』は今やAクラス冒険者及びその候補を4人抱えています。人員のやり繰りを工夫すれば、『金色の鷹』を圧倒することは十分可能です」

「しかし、どうやって……」

「僕が提案するのは、戦況に応じて柔軟に部隊編成を変えられる体制です。例えば、『鉱山のダンジョン』で弓使い(アーチャー)用クエストが発生したら、『鉱山のダンジョン』の部隊にモニカを編入させる。『峡谷のダンジョン』で劣勢ならばAクラス冒険者を派遣して増強させる。といった風にです」

会議室がざわめいた。

「そんなことが可能なのか」

「可能です。そのためにさしあたっては新たにAクラス候補となる冒険者を3名採用します」

「Aクラス冒険者を新たに3名だと？」

「なんと」

「しかし、肝心の予算の問題はどうするんだ？　Aクラス冒険者が増えれば、ますます人件費がかかることになるぞ」

「新規部隊の人員は前述のAクラス冒険者以外、外部ギルドからのレンタル要員で賄います。こうすれば、人件費も節約できます」

「な、なるほど」

「まあ、ロランさんができると言うのであれば……」

「僕の調査ではたとえ、外部からの寄せ集めでもダンジョン攻略に耐えうる部隊は編成できるはずです。僕が危惧しているのは、そのような外部冒険者達を集められる施設が『魔法樹の守人』にはないことです。そこで相談なのですが、街のどこかにそれ専用の施設を……」

その後も主要な議題には全てロランとリリアンヌの意見が採り入れられた。

ラモンの提案は全て却下されてしまう。

（くそぅ。これでは私の立場がないではないか。ウィリクがロランに勝ってさえいれば、こんなことにはならずに済んだものを！）

モニカは『魔法樹の守人』本部の一室で画家達に取り囲まれていた。

彼らは皆、お金を出してでもモニカの絵を描きたいと申し出て来た者達だ（契約により彼女の肖像権はギルドに属していた）。

彼女の絵を上手く描くことができれば、当世流行の画家になれることは確実だった。

彼女が活躍すればするほど、また有名になればなるほど、彼らの絵の価値は高くなる。

モニカはキャンパスと画家達に囲まれてすっかり硬くなっていた。

「モニカ様。緊張していらっしゃいますか？」

画家の1人が声をかけた。

モニカは困ったように笑った。

「ええ、こういった経験は初めてなので」

「緊張されなくても大丈夫ですよ。我々は普段通りのあなたが見たいのです。どうかざっくばらんにしてください」

「はあ」

（普段通りにしろって言われてもなぁ）

モニカが困った顔をしていると、ドタドタと誰かが部屋にやってきた。

見るとラモンだった。

「モニカ、ちょっといいかな？」

「ギルド長？　一体どうしたんですか？」

「君に会いたいと言っているお客さんが来ているんだ。すまないが対応してくれたまえ」

ラモンはモニカの手を引っ張って半ば強引に連れて行こうとする。

「ちょっと。まだ絵を描いている途中ですよ」

ラモンはそんな画家達の抗議を尻目に戸惑うモニカを連れ去ってしまうのであった。

モニカは応接間に辿り着いて、そこに待っていた人物を見て目を丸くする。

そこにはルキウスがいた。

お金よりも大切なもの

「紹介しよう。彼が『金色の鷹』のギルド長を務めているルキウスさんだ」

「やぁ。はじめまして」

ルキウスはモニカに向かってにっこりと微笑(ほほえ)んでみせた。

「……どうも」

モニカはルキウスのことをマジマジと見つめた。

（この人がルキウスさん。『金色の鷹』のギルド長……）

なるほど、ギルドの代表というだけあって、服装といい物腰といい経営者らしく、洗練されていてスマートな印象だった。

一方で、その態度にはどこか作り物じみたものがあるようにも感じられる。

『魔法樹の守人』のギルド長、ラモンはロランとリリアンヌに見つからないよう2人を引き合わせることができてホッとしていた。

2人は今、外に出ていて不在だった。

（モニカを移籍させるとしたら、あの2人がいないうちに事を運ばなければな）

「モニカ。ルキウスさんは是非とも君に会いたいということでわざわざ時間を取ってくださったんだ」

「えっと。どうして『金色の鷹』のギルド長が『魔法樹の守人』に？」

モニカは警戒するように後退りした。

「まあ、とにかく座りなさい。ルキウスさんの方から直々に説明していただくから」

モニカはギルド長に促されて椅子に座った。

ルキウスと対面になる。

「率直に言おう。君を『金色の鷹』の上級会員としてスカウトしたい」

「えっ？　スカウト……ですか？」

「『森のダンジョン』における君の活躍については聞き及んでいるよ。その話を聞くうちに是非とも君と一緒に働いてみたくなってね」

「はあ……」

「もし、君が我がギルド『金色の鷹』に移籍してくれるというなら、年１２００万ゴールドの契約を結ぶつもりだ」

「ね、年１２００万ゴールド!?」

モニカは提示された金額を聞いて変な声を出してしまった。

ルキウスは内心でほくそ笑んだ。

「無論、『魔法樹の守人』との契約から生じる違約金についてはこちらで負担するつもりだ。それだけじゃない。もし君が移籍してくれるのなら、給与以外にも待遇など様々な面で優遇するつもりだ。何か欲しい装備があれば何でも揃えるつもりだし、欲しいスキルがあれば伸ばせるようサポートしよう」

「は、はあ」

「ゆくゆくは君を『金色の鷹』第二部隊の部隊長に据えたいと思っているんだ」

「部隊長……ですか？」

「どうかな？　移籍するつもりがあるのか、ないのか」

「えっと……」

「いい話じゃないかモニカ」

　ラモンが口を挟んだ。

「『魔法樹の守人』では部隊長になれるかどうか怪しいものだぞ。なにせロランは君を自分の部隊に留めておくつもりだそうだ」

「えっ？　そうなんですか？」

「ああ、ロランの下ではいつまで経っても出世できんぞ」

「何？　それは聞き捨てなりませんね。このように優秀な冒険者をいつまでも平に留めおくなんて」

「ルキウスさんは君に出世のためのチャンスをくれるというんだ。またとない話だと思うんだがね」

ルキウスとラモンはモニカの心を動かすつもりでそう言ったが、モニカの頭の中では別の考えが占めていた。

（ロランさんが私を自分の部隊に留めようとしている。私を必要としている）

モニカはルキウスの方を見る。

「あの、ルキウスさん。大変ありがたいお話なのですが……、お返事の方は少し待っていただいていいですか？　やっぱり私は『魔法樹の守人』がいいと思っていて」

「なんだって!?」

「待ってくれ。ではこういうのはどうだろう。来月から、いや、今すぐにでも部隊長に任命しようじゃないか」

モニカはギョッとする。

（なっ、今すぐ部隊長？　そんなの私には無理。ただでさえ自分のことだけで精一杯なのに。部隊のことまで責任を負うことなんてできない）

すでに部隊を指揮する大変さについて身をもって経験していたモニカは、ルキウスの提案に怖気付いてしまった。

（ロランさんが私を部隊に置いてくれるのなら、しばらくは『魔法樹の守人』でやり続けた方がいいよね。下手に移籍して、上手くいかなかったら元も子もない）

「何か我々の提案に不服でもあるのかな?」

ルキウスはいつもの癖で微笑を浮かべながら、圧力をかけてしまう。

モニカは危険を感じた。

この人は信用できない、そう本能が告げている。

「あの、すみませんが、今日はこれで失礼します。画家の人達を待たせていますので」

「おい、ちょっと待ってくれ」

「いえ、失礼します」

モニカはそれだけ言うとそそくさと部屋を飛び出して行った。

(ロランさんが私を部隊に。あなたはまだ私を必要としてくれている。そう思ってもいいですかロランさん?)

モニカの心の中はその事実だけで占められていた。

それだけで彼女にとってロランと会うことは、憂鬱なイベントから、期待と希望に胸躍るイベントに様変わりするのであった。

モニカが出て行った後、2人を残した部屋では気まずい空気が流れていた。

ルキウスはラモンを睨む。

「ラモンさん。話が違うじゃありませんか。『魔法樹の守人』としてはモニカ・ヴェルマーレを手放す準備はできていると、あなたそうおっしゃっていたじゃないですか」

「え、ええ。もちろんこちらとしてはそのつもりだったのですが」

ラモンはハンカチを取り出して額の汗を拭う。

「しかし、実際のところ彼女はこちらの話に頷（うなず）くどころか逃げるように部屋を出て行きましたよ。本当に彼女を移籍させる気があるんですか？」

「ええ、もちろんですとも」

「だったらなんで彼女はあんな風にして逃げ出したんですか」

「そ、そうですね。あっ、部隊長に任命すると言ったのがマズかったのかもしれません」

「部隊長が？　一体どうして……」

「彼女はその実力に似合わず慎重な一面がありましてね。部隊長に任命されると聞いてついつい怯（ひる）んでしまったのかもしれません」

「ふむ。なるほど」

（Aクラス冒険者にもかかわらず自分に自信がない。万年2位のギルドに所属していた負け犬根性はなかなか治らないというわけか）

「分かりました。とりあえずモニカ・ヴェルマーレについては後回しにしましょう。まずは残りの2人、シャクマ・ハキムとユフィネ・レイエスと交渉させていただきます。二人については必ず首を縦に振らせる。いいですね？」

　ルキウスはラモンに対して凄んでみせる。

「え、ええ。もちろんです。もちろんですとも」

「では、今すぐにでもどちらか1人を連れてきていただきたい。さあ、急いで！」

　ラモンは、慌てて部屋を飛び出して行った。


「ほう。私をスカウトしたいと」

　シャクマはルキウスを前に爛々と瞳を輝かせる。

　彼女はモニカよりもはるかに前向きな態度で交渉に臨んでいた。

（これは、いい感触だな。これなら引き抜けるかもしれん）

　ルキウスは、シャクマが期待通りの反応を示したのを見て、満足した。

「ああ、是非とも君を『金色の鷹』上級会員に迎え入れたいと思っている」

（ついに私も街一番のギルドに引き抜かれるまでになりましたか。ロランさんの下を離れるのは心苦しいことですが、街一番のギルドに入れるというのなら、待遇次第ではアリかもしれませんね）

「ありがたいお話です。是非前向きに検討させていただければと思います。それでどのような待遇を用意してくださるのですか？」

「うむ。『金色の鷹』に入ってくれるなら、年俸1200万ゴールドを用意しよう」

「他には？」

シャクマは期待に目を輝かせながら聞いた。

ルキウスは少し慎重になった。

（先ほどのモニカという少女にはプレッシャーを与えすぎて怯ませてしまったからな。この娘にはプレッシャーを与えすぎないように注意しよう）

「そうだね。とりあえずは第一部隊に一隊員として所属してもらって、アリクの下で部隊運用について一から基礎を学んでもらい、……」

シャクマはルキウスの言うことを聞いてがっかりした。

（なーんだ。部隊長にしてもらえるわけじゃないのか。『金色の鷹』の私に対する評価は所詮その程度ですか。はぁ）

シャクマはすでにロランから部隊長になる前提で指導してもらえると内定を受けていた。

（このまま『魔法樹の守人』でロランさんの部下でいた方が面白そうだな）

「すみませんが、ちょっと考えさせてもらっていいですか？」

シャクマはルキウスからされる提案の数々に曖昧な返事をするだけで終わった。

ルキウスの交渉はまたも不首尾に終わった。

「君が望むのなら、すぐに部隊長の地位を約束するし、まずは部隊の一員からゆっくりでもいい。君の望む待遇を用意するつもりだ」

ルキウスはユフィネを前にして熱弁した。

(モニカとシャクマの引き抜きに失敗した以上、ユフィネだけはなんとしても成功させなければ)

ルキウスは焦っていた。

ユフィネはルキウスの方を感情のこもっていない目でじっと見つめる。

これは彼女が初対面の人に対してよくとる態度だった。

ユフィネの態度はただでさえ焦っているルキウスの心をより一層掻き乱した。

ここ最近で『金色の鷹』に誘って断るものなど1人もいなかったのだ。

その中で、ルキウスは常に試す側の人間であり、試されることなどなかった。

久しぶりに自分を値踏みするような視線に晒されたルキウスは、額に嫌な汗が流れるのを感じた。

一方でユフィネはますます冷静になっていった。

しばらく部屋を沈黙が支配する。

「もし……」

ユフィネがポツリと呟いた。

ルキウスとラモンが身構える。

「もし、『金色の鷹』に移籍して、その後私がAクラスの治癒師(ヒーラー)になった場合、どうなります？」

「どうなる……とは？」

ルキウスは必死でどうにか彼女の心情を読み取ろうと食い入るように彼女の瞳を見つめた。

「例えば給与や待遇が上がったりしますか？」

「もちろんだ。もし君がAクラスになった暁には給与を提示額の2倍に上げることを約束しよう」

ルキウスは即答した。

ユフィネは考える。

（Aクラスになった方が待遇が上がるのなら、ロランさんにAクラスにしてもらってから移籍した方が得よね）

「すみませんが。今すぐには返答しかねます。もう少し待ってからにしてくださいませんか？」

こうしてルキウスの引き抜き工作は全て失敗に終わった。

「ロラン！」

ロランは背後から自分を呼ぶ声にギクリとした。

彼は相変わらず取り立ててもらおうとして追いかけてくる会員達に悩まされており、そのためなるべく人通りの少ない時間にギルドに帰ってくるようにしていた。

しかし声の主がリリアンヌであるのを知ってホッとする。

「なんだリリィか。一体どうしたんだいそんな血相変えて」

「ロラン。ギルド長が私達の知らないうちにモニカ達を『金色の鷹』に移籍させようとしているみたいなの」

「なんだって!?」

ロランは愕然とした。

「ダメですよ。彼女らはギルド生え抜きの会員じゃないですか。今後、『魔法樹の守人』を支えてくれる大事な柱になる存在ですよ」

「ええ。まさか。ギルド長があんなことをするなんて」

「くそっ。一体何考えてるんだ」

「もうすでにルキウスが何度もこの建物を訪れていて、彼女達と交渉しているようなの」

リリアンヌはすっかり狼狽えた様子で言った。

（ルキウスの奴。妙に大人しいと思っていたら。狙いはそっちか）

「落ち着いて。とにかく。ギルド長が敵と内通していると分かった以上、対策を立てるしかありません。３人の給与と違約金、契約年数を吊り上げて、ルキウスに手が出せないようにしましょう」

「そうね。そうするのが一番だわ」

リリアンヌはすぐに仕事に取りかかった。


リリアンヌは新しく作成された契約書を片手にギルド長の部屋を訪れた。

「ギルド長、以前申し上げていたモニカ達の新契約書です。サインをお願いできますか？」

「うむ。後で目を通しておこう」

「今、すぐにサインをお願いします」

リリアンヌは微笑みながらも有無を言わせぬ調子で言った。

ラモンは誤魔化すように笑った。

「何もそんなに急がなくても……」

「ダメです。モタモタしていては彼女らを欲しがる『金色の鷹』に取られかねませんからね」

ラモンはギクリとした。

「まさか小金目当てに彼女らを『金色の鷹』に売ろうなどとは思っていませんわよね？」

リリアンヌは微笑を浮かべながらも圧力をかけるようにずいとギルド長に顔を近づけた。

ギルド長はリリアンヌに対して気圧されながら誤魔化すような笑いを浮かべた。

「いや、しかしだな。君はそう言うが、ロランの奴が3人の装備代としてべらぼうな額の金を請求してきている。おまけに彼女らの給与を上げるとなってはだな。このままでは資金繰りが行き詰まってしまう。彼女らを保持したいと言うなら何か他に資金を調達する目処を立てないと。何か考えでもあるのかね？」

「資金調達はギルド長の仕事でしょう？　確かにロランさんは彼女らの育成に多額の費用をかけましたが、それに見合う成果を出したじゃありませんか。今度はギルド長がロランさんと彼女らの頑張りに対し、それに見合う報酬を用意する番です」

「いや、しかし、そんなことを言われても、金の問題は……」

「Aクラス冒険者を輩出したんです。銀行でも資産家の所でも、どこにでも行って出資を引き出してくればいいじゃありませんか。とにかく、彼女らに新しい契約を提示するのを急がなければなりません。早くこの契約書にサインを」

リリアンヌはギルド長に契約書を差し出して署名を迫った。

「う、うう。分かったよ」

ギルド長は止むを得ずリリアンヌの差し出した契約書にサインする。

3人の新条件は年俸1000万ゴールドの5年契約だった。

違約金は契約残年数に年俸をかけた金額とされた。

つまりルキウスが彼女らを引き抜くには1人につき5000万ゴールドを用意する必要があった。

その後、ロランが3人に新たな契約書を提示して交渉に当たった。

『金色の鷹』が提示した給与よりも若干低い年俸にもかかわらず、3人はルキウスの時とは打って変わってあっさりとサインした。

次の日、ロランは休憩時間にモニカを誘ってランチに出ていた。

たまたま2人の空き時間が重なったためだ。

「よかったよ。元気が出たみたいで」

「えっ？」

「ステータス、元に戻ってる」

「ああ、そういうことですか。はい。ご心配をおかけしちゃって」

（流石にいつまでもステータスを乱したままではいられないからなー）

モニカは苦笑いしながら心の中でそう思った。

「新しい契約書にサインしてくれたそうだね」

「はい」

「どうして？　『金色の鷹』の方が高い報酬を提示してくれただろう？」

「……もっとロランさんの下で学びたいと思ったので」

「そっか。ありがとう」

「あの、私からも聞いていいですか？」

「うん。答えられる範囲でなんでも答えるよ」

「ギルド長が言っていました。ロランさんはまだ私を配下にしておきたいって」

「うん。そうだね」

「どうしてですか？」

「君の力をもっと引き出せる。そう思っているからだよ。ちょっと付き合ってくれるかな」

「？　はい」

　ロランはクエスト受付所の掲示板の前にモニカを連れて行った。

「モンスター撃破数ランキング、アイテム取得ランキング、クリアクエストランキング。どのランキングの1位にも弓使い（アーチャー）の名前がない」

「ホントだ」

「でもきっと君ならこのどれかを取ることができる。僕はそう思ってる」

「私が……ですか？」

「ああ、現状弓使い（アーチャー）は支援攻撃用のポジションとみなされていて、実際そういう風に運用されている」

ロランは遠くを見つめる目になった。

ダンジョンの中にいる時、モニカが何度も見た仕草だった。

「僕は弓使い(アーチャー)の役割は過小評価されていると思う。けれども君とならその常識を覆せる。そんな気がするんだ」

(ロランさん。本当に私のこと部下だとしか思っていないんだ)

モニカは胸が切なくなった。

「君の力が必要なんだ。モニカ、一緒に高みを目指してくれるかい?」

「……はい」

(たとえ想(おも)いが届かなくても、あなたの下で成長します。せめてあなたに誇れる自分でいたいから)

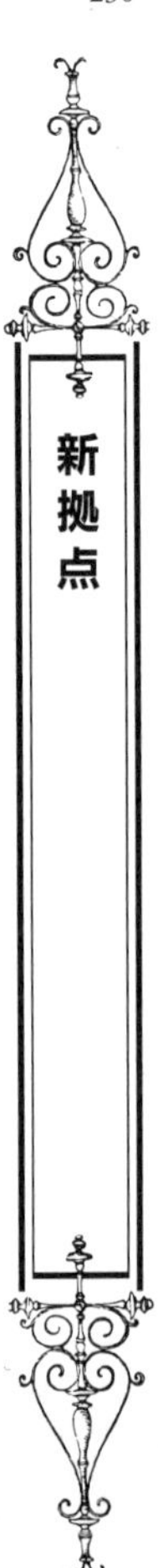

新拠点

ただしていた。

モニカ達(たち)の契約更新の報を聞いたルキウスは、ラモンに威圧的な視線を向けながら問いただしていた。

「どういうことですかラモンさん?」

ラモンはただただ居心地悪そうに額の汗をハンカチで拭いている。

「契約を更新して違約金を吊り上げるなんて。これじゃ移籍が遠のくばかりじゃないですか」

「いや、無論。私としてもそうするつもりだったんですがね。ただ、彼女らの貢献に今すぐ報いるべきだという話がギルド内部から出て来まして。私としてもそれはもっともだということで、反対するわけにもいかず……」

ラモンはルキウスの追及から逃れるように気忙(きぜわ)しく視線を左右にきょろきょろさせる。

(チッ。1人5000万ゴールド。3人合わせれば1億5000万ゴールド。『金色の鷹』とはいえ、そうそう気軽にポンと出せる金額ではないぞ)

いくら『金色の鷹』の資金力が潤沢とはいえ、ルキウスの一存だけで1億5000万ゴールドの費用を計上することはできなかった。

出資者達の許可を取り付けなければならない。

（だが、これしきで諦めるわけにはいかない。銀行家にはすでにモニカ達の引き抜きを約束したんだ。少しくらい金がかかるからといって、『はい、そうですか』と引き下がるわけにはいかない）

ルキウスは出資者1人1人を回って説き伏せることを決意した。

「分かりました。ラモンさん。1億5000万ゴールドについてはこちらでどうにか用意しましょう」

「おお、本当ですか。ありがたい」

ラモンは棚からぼた餅の思わぬ恩恵に喜びを露わにした。

「ただし！　今度こそ間違いなく彼女らに移籍を同意させる。いいですね？」

「え、ええ。もちろんです。1億5000万ゴールドを用意してもらった以上必ず約束は守りますとも」

「これだけは言っておきますがね」

ルキウスはラモンに向かってズイと顔を近づけ、より一層凄んで見せる。

「ロランは必ずあなたの地位を脅かしてきますよ。自分の地位を保持したいと考えるのであれば、一刻も早くロランを追放することです。いいですね？」

ラモンはルキウスの剣幕にただただ首を縦に振るのであった。

（1億5000万ゴールドともなると、いかに『金色の鷹』の財力といえど、俺の独断でポンと出すわけにはいかん。出資者達を説得する必要がある）

出資者達はそれぞれ皆忙しく、普段は冒険者の街から遠く離れた場所を活動拠点としている者もいるので、予定を合わせるだけでも難儀な作業だった。

（しばらく、『金色の鷹』を離れてしまうことになるな。いや、それだけじゃない。この財政難に陥っている状況で、果たしてそのような大金の動く大型契約、結ぶことを承認してくれるかどうか。くそっ。ロランめ。俺の邪魔ばかりしやがって）

馬車の中、ロランとリリアンヌはダンジョン経営に関する『金色の鷹』からの通達について話し合っていた。

「5億ゴールド!?」

「ええ。『金色の鷹』はその価格で傘下の錬金術師を貸し出すと言っています」

「また随分強気な価格ですね。相場の2倍じゃありませんか」

「ええ。そうなんです」

リリアンヌは途方に暮れた様子で額に手を当てた。

「こっちの足下を見てますね」

「やっぱりそう思います?」

「ええ。絶対にそうです。それでどうするつもりですか？」

「ギルド長はもうすっかり思考停止してしまって。この案件を私に投げてきましたよ」

　リリアンヌはやれやれと言いたげに肩をすくめてみせる。

「ロランさんはどう思いますか？」

「ここは食い下がるべきでしょう。値切り交渉すべきです」

「やはり値切り交渉すべきでしょうか？」

「ええ、『金色の鷹』もダンジョンを2つ取られて打撃を受けているはず。財政事情も決して楽ではありません。今は少しでも収入が欲しいはずです。時間をかけて粘り強く交渉していけば、やがて向こうも折れてくるでしょう」

「そうですね。私もここはやすやすと相手の思い通りにさせてはいけない、と思っていたところです。ロランさんの言う通り、粘ってみましょう」

「ええ、それが一番です」

「ロランさん、『魔法樹の守人』を強化するにあたって、もしくは『金色の鷹』を打ち破るにあたって他に何か良い案はありますか？」

「そうですね」

　ロランは少しの間、考えてから喋(しゃべ)り始めた。

「これはちょっと難しいかもしれませんが……」

「なんでしょう？」

「ジルの引き抜きとかはできますか？」

「えっ？　ジルさんを？」

「ええ、彼女はSクラスの資質。何よりの戦力増強になると思うんです」

ロランは銀細工品評会で彼女に会った時のことを思い出した。

あれ以来彼女のことがずっと気にかかっていた。

ジルは内心ルキウスの下を離れたがっているのではないか？

「なるほど。確かに彼女を手勢に加えることができれば、大幅な戦力アップに繋がりますね」

リリアンヌは口元に指を当てて考えを巡らせる。

「ただ、ルキウスはそう簡単にジルさんを引き渡してくれるでしょうか？」

「そうなんですよね。ルキウスのことだから、また法外な移籍金をふっかけてきたり、何かと陰謀を巡らせてジルの移籍を阻止しようとしてくると思います」

「うーん。果たして予算を確保できるかどうか」

「もし、完全移籍が難しいようなら来期だけレンタルという形でも……。まあ、どのみちルキウスを説得するのは難しいとは思いますが……」

「そうですね。まあ、でもダメ元で提案するだけしてみましょう。『金色の鷹』の財政も苦しいはずですし、交渉の展開次第では何が起こるか分かりません。成立すればルキウスに精神的なダメージも与えられるはず。何よりやられっぱなしでは気が済みませんからね。向こうもモニカ達を引き抜こうと画策してきたのですから、こちらも引き抜きを画策してやりましょう」

リリアンヌはそう言っていたずらっぽくウィンクするのであった。

ロランは笑ってしまった。

彼女の行動力と明るさにはいつも救われる。

彼女と一緒にいれば、どんな困難な仕事でも気軽に取り組める、そんな気がした。

「さて、それはそうと……到着したみたいですよ」

馬車が止まるのを感じたリリアンヌは席を立ち上がる。

2人は馬車を降りた。

ロランはリリアンヌが降りやすいよう彼女の手を取って降りるのを手伝う。

リリアンヌは、ありがとう、とお礼を言いながらロランの厚意に甘える。

「見てください。ロランさん。これが『魔法樹の守人』の新しい拠点となる建物ですよ」

リリアンヌが指し示して見せる。

まだ建設途中の建物だった。

「おお、これが……」

「はい。外部からの冒険者を駐屯させるための新施設です」

「よく手に入れられましたね。こんないい場所」

「んふふ。苦労したんですよ、不動産屋さんとの交渉」

ロランはリリアンヌと一緒に工事中の建物の中に入っていく。

「この新施設ではダンジョン攻略中の冒険者達が寝泊まりできる宿舎を備えるほか、トレーニングのための施設も整える予定なんです」

リリアンヌはロランを案内しながら説明していった。

ロランは目を輝かせながら歩いて回った。広い敷地に、万全の設備。

この施設は間違いなく『魔法樹の守人』をより発展させるだろう。

ロランは自分がこの施設に冒険者を集め、育てる未来を思い描きながら、建設中の新拠点を見て回った。


ロランとリリアンヌが施設の視察をしている頃、別の場所からも施設を眺めている人物がいた。

ルキウスとディアンナである。

「あれが『魔法樹の守人』の新施設のようです」

「ほう、あれが……」

「まったく、趣味の悪い施設ですわね」

ディアンナはそう言ってご機嫌を取ろうとしたが、ルキウスの表情は緩まなかった。

1ゴールドでも多く現金が欲しいルキウスであったが、『峡谷のダンジョン』の経営は上手くいっていなかった。

1つでも多くの資源を手に入れるため、とにかく隊員をこき使い、人手を投入したのだが、それが見事に裏目に出た。

現場では慣れない作業に従事する者達が足を引っ張るばかりか、部隊間での足の引っ張り合い、次期ダンジョン攻略に向けて消耗したくない冒険者達によるサボタージュが頻発し、資源の採取は思うように捗らなかった。

特に深刻なのが部隊間の対立だった。

第一部隊から第三部隊まで、全主要部隊をダンジョンに投入したのだが、彼らは事あるごとに諍いを起こし、作業効率を悪くしていた。

ダンジョン入退場の順番を巡って1日中口論していることもあったし、資源配分のいい地点の取り合いで小競り合いを起こしては負傷者を出していた。

また資源の取り合いからなりふり構わぬスピード重視の収穫方法を採用し、そのような方針は資源の損耗率を高くして、アイテムの品質を著しく低下させた。

部隊間の溝は深まり、いたずらに対立が増え、労働意欲は衰え、ダンジョン経営は非効率を極めた。

このままでは計画していた目標に届かないばかりか、通常よりも低い出来高に終わりそうだった。

ルキウスは苛立ちを募らせていた。

そこに『魔法樹の守人』の新規部隊の立ち上げと新施設の建立話である。

（ロランの奴め。あんな場所にデカデカと新施設を建てやがって。こっちが財政難で苦しんでいる時に新施設だと？　全く、景気のいいことだな。あんな目立つ場所に建てられては嫌でも出資者の目につくではないか。また奴らの小言が1つ増えるのか？　ええい、忌々しい）

ルキウスの頭痛の種はそれだけではなかった。

果たして資金を用意できたところで、『魔法樹の守人』がモニカ達の移籍を承諾するだろうか。

ラモンの様子から察するに、彼はすでにロランやリリアンヌに対して強く出られなくなっているようだ。

いくらラモンが移籍させるつもりであったとしても、この2人の意向次第ではいくらでも交渉を白紙に返される可能性があった。

そしてロランとリリアンヌは新規部隊の設立に絶賛邁進中である。

モニカ達を『金色の鷹（たか）』に引き渡す気などサラサラないように思えた。

（くそっ。何か今すぐあの2人の鼻をくじいて、立場を逆転させる策はないものか……）

そこまで考えた時、ふとルキウスの頭に名案が浮かんだ。

ルキウスはニヤリと不穏な笑みを浮かべる。

（あるじゃないか。特に金も使わず、奴らの戦力を削（そ）ぎ、なおかつこちらの戦力を充実させることができる、逆転の一手が！）

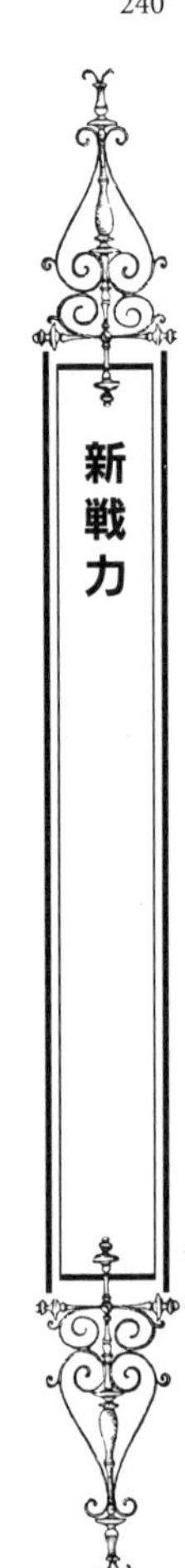

新戦力

モニカは『魔法樹の守人』の訓練場で弓矢を引いていた。

矢をつがえ、遠い向こう側にある的に向かって矢を放つ。

矢は寸分の狂いもなく的の中央に命中した、のみならず的を貫通してその後ろにある的まで貫く。

結局、7つ目の的に刺さって矢は止まった。

（7つ目か。攻撃力60～70……ってところかな？）

モニカは今しがた自身の行った攻撃の威力を測定しながら、先日、ロランから出された新しい課題について思い出していた。

「腕力（パワー）の強化……ですか？」

「ああ、君は弓使い（アーチャー）としては俊敏（アジリティ）が低い。けれども腕力（パワー）と体力（スタミナ）に関してはまだまだ伸び代がある。巨大な鬼（オーガ）を一撃で倒せる腕力（パワー）、そして『鷹の目（ホークアイ）』の連続使用に耐えられる体力（スタミナ）を身につけること。それが次の君の課題だ」

「巨大な鬼（オーガ）を……一撃で……」

「そうすれば撃破数ランキングで1位になる初めての弓使い（アーチャー）になれるかもしれない」

モニカは不安に唇をキュッと結んだ。

ロランはそんなモニカに優しく言葉をかける。

「大丈夫だよ。君ならきっとできる。僕も全力でサポートするから」

「はい。よろしくお願いします！」

モニカは弓を引いて新しく据えられた的を狙う。

ロランは、少し離れた場所からモニカのステータスを鑑定する。

【モニカ・ヴェルマーレのステータス】
腕力（パワー）：60－70↓（90－100）
耐久力（タフネス）：50－60↓（55－65）
俊敏（アジリティ）：30－40↓（30－40）
体力（スタミナ）：100－110↓（120－130）

（調子は完全に戻ったようだな。ステータスが安定を取り戻している）

先日は40－70と不安定だった腕力（パワー）が60－70にまで復調していた。

ステータスは心身の状態によって、その瞬間瞬間で揺れ幅があるが、そのブレが10以内であれば好調だと言われている。

今のモニカは全てのステータスが誤差10以内なので好調と言えた。

（特に身体的変化が見られないのにステータスが復調した。ということは……やっぱり不調の原因は精神的な問題か。一体何の悩みがあったんだろう？）

ロランは首をひねった。

（ま、いっか。問題は解決したようだし。深く考えるのはよそう）

ロランは気を取り直してモニカの状態をチェックする。

（心身は充実している。と、なれば次の段階に進んでもよさそうだな。負荷を一段階上げて、腕力と体力を集中的に鍛える）

「モニカ」

「はい」

ロランに呼ばれたモニカは弓を射る手を止めてロランの方を向く。

「今日からリストとランニング1セット追加だ」

「はい。分かりました」

モニカはトレーニングを追加されたにもかかわらず、張り切ってリストとランニングを鍛える施設へと向かった。

（ロランさんが成長を見守ってくれている。それだけで調子が上がっていくのが分かる）

モニカは以前の憂鬱はどこへやら、ウキウキした様子で訓練に励んだ。

まだ、苦しみと切なさは時々訪れるものの、ロランからの指導を受けているこの時間だけは自分だけのものだった。

（ロランさんにはリリアンヌさんがいるけど……、でもこっそり憧れるくらいはいいよね？）

モニカはこっそりとロランの横顔を盗み見るのであった。

ロランはというと、モニカにトレーニングの内容を言い渡した後、次の予定について確認していた。

（次は新人の採用か）

「こちらです。すでに準備は整っていますよ」

面接の準備係はそう言ってロランを面接室に案内した。

「机の上に置いてある紙が、本日の応募者のプロフィールになりますので」

「ありがとう。目を通させてもらうよ」

（ダンジョン攻略に耐えうる新規の部隊をもう1つ作る。そのためには新しく部隊を引っ張るAクラス冒険者の卵を発掘する必要がある）

ロランは応募者の履歴書に目を通す。

（この中に未来のAクラス冒険者がいるはずだ。必ず見つけ出してみせる！）

今季ダンジョンを2つ攻略した上、Aクラス冒険者も輩出した『魔法樹の守人』には、新規採用面接に従来よりも多くの応募者が集まっていた。

特に弓使い（アーチャー）、支援魔導師、治癒師（ヒーラー）には養成所で好成績をおさめたり、すでに冒険者として一定のキャリアをおさめているハイレベルな応募者が名を連ねた。

そして早速、ロランは1人目のAクラス候補者を発見した。

【リック・ダイアーのスキル】
剣技：C↓A
盾防御：C↓A
俊敏（アジリティ）付与：E↓A
全体治癒：E↓A

（見つけた！　Aクラス魔道騎士の資質！　自在な編成を旨とする新規部隊設立において、中核となりうる資質の持ち主）

「リック・ダイアーと申します。先日、養成所を卒業したばかりです。養成所では『剣技』と『盾防御』を鍛えてきました。前衛を希望します」

その背の高い実直そうな少年はハキハキと言った。

「なるほど。確かに『剣技』と『盾防御』のスキルが高いようですね」

「はい。前衛には自信があります」

「前衛として有望なのは分かりました。では支援魔法と治癒魔法はいかがですか？」

「支援魔法と治癒魔法……でありますか？」

「ええ、私の見る限りあなたは支援魔法と治癒魔法についても良い素質をお持ちですよ」

「いや、その……、私は魔力にあまり自信がなくて」

ロランはリックのステータスも鑑定した。

【リック・ダイアーのステータス】
魔力：10－10↓（100－110）

「大丈夫ですよ。ウチに来れば魔力を100まで伸ばすことができます」

「えっ!?　魔力を100まで？」

「ええ。どうしますか？　もし支援魔法や治癒魔法を修める気があるのなら、今すぐ雇ってもいいと思っているのですが」

「は。分かりました。ではやってみます」

2人目は前髪を目にかかるまで長く伸ばした影のある弓使い（アーチャー）の少年だった。

「レリオ・サンタナと申します。希望は弓使い（アーチャー）です」

ロランはレリオのスキルとステータスを鑑定した。

【レリオ・サンタナのスキル】
弓射撃：C→A
一撃必殺：C→A

【レリオ・サンタナのステータス】
腕力（パワー）：35－55→（70－80）
俊敏（アジリティ）：40－60→（90－100）

（腕力（パワー）も俊敏（アジリティ）もある。弓使い（アーチャー）としての資質は充分か。ただモニカのライバルとしてはあと一つ何か欲しいところだな）

ロランは他にも何か特筆すべきスキルやステータスがないか探ってみる。

【レリオ・サンタナのスキル】

ステータス鑑定：E↓A

【レリオ・サンタナのステータス】
指揮：10－10↓（100－110）

（これは。スキル『ステータス鑑定』を持っている上、指揮のステータスが非常に高い。鍛えれば隊長ばかりか、部隊の作戦を立案する軍師にもなれる器だ。彼も新規部隊に欲しい人材だな）

「ふむ。ステータスの『指揮』の項目が低いようですが……」

そう言うとレリオは気まずそうに笑った。

「いやぁ。『指揮』はどうも苦手でして。養成所の先生にも諦めた方がいいって言われたので……」

「なるほど。いいでしょう。弓使い（アーチャー）としてあなたを雇います。ただあなたには指揮官としての才能もあると思いますよ」

「？　そうですか？」

（変な人だな。『指揮』のステータスは低いって言ってるのに）

レリオは不思議そうに首をかしげるのであった。

3人目は少しおしゃべりな少女だった。

「マリナ・フォルトゥナです。養成所では攻撃魔導師として修練を積んでいました。得意魔法は『爆風魔法』です。爆風魔法ってカッコいいと思いません？　発動した途端、ブワーって風が舞い起こって。風の色も綺麗(きれい)だし。上手に発動できた時は……」

ロランは彼女の話を聞き流しながらスキル鑑定を発動させた。

【マリナ・フォルトゥナのスキル】
爆風魔法：C→A
鉱石保有：E→A
装備保有：E→A
薬剤(ポーション)保有：E→A

（アイテム保有系のスキルが3つ！　無尽蔵にアイテムを運べれば、より柔軟な部隊の運用を可能にするであろう人材だ。この少女も新規部隊の核となるだろう）

「ふむ。あなたはアイテム保有師としても優秀そうですね」

「えっ？　そうなんですか？」

「ええ。面接は合格です。もし可能なら明日からでもギルドの訓練に参加して欲しいのですが……」

「本当ですか!?　はい。『魔法樹の守人』に入れるのなら何でもします！」

（よし。これでAクラスの資質を持つ冒険者を新しく3名確保。既存の戦力も合わせれば『魔法樹の守人』の保有するAクラス候補者は7名。冒険者のクオリティで『金色の鷹』を圧倒できる！）

「ロラン、待ちたまえ」

リリアンヌとの会談を終えたロランが、廊下を歩いていると、後ろから声をかけられた。

ギルド長、ラモンの声だった。

「おい、待て、ロラン。私が呼んでいるだろうに。なぜ止まらない？　おい、ロラン」

ロランは呼びかけられても早足で歩き続けた。

モニカ達の引き抜きの一件から、ロランとギルド長の関係はすっかり冷え込んでいた。

ロランはモニカ達を勝手に売ろうとしたことに憤慨していたし、ラモンもラモンで移籍話に余計な横槍を入れられたと感じ苦々しく思っていた。

2人はもはやお互いに協力したりなどせず勝手に仕事を進める仲になっていた。

互いの職掌が重複する懸案事項があったとしても当然のように無視し合っていた。

「おい、待てったら」

ラモンがロランの肩を摑んだ。

仕方なくロランはラモンに歩調を合わせる。

「ロラン、例のモニカ達の移籍についての件だがね。君の方からも彼女らに移籍を再考するように促してくれないかね？」

「その話なら既にお断りしたはずです。それに、そういう話でしたら、以前のように、また僕のことを無視して彼女らに直接持ちかければいいではありませんか」

ロランはトゲのある言い方をした。

「無論、私もそうしようと思ったんだがね。どうも彼女らは私を避けているようなんだよ」

ラモンは再びモニカ達に『金色の鷹』に移籍するよう説得しようとしたが、モニカはラモンに話を持ちかけられそうになるや否や、「すみません。そういった話はロランさんを通してお願いします」と言って、そそくさと逃げられてしまうのであった。

シャクマとユフィネについても似たような対応だった。

「彼女らは君に配慮してなかなか二の足が踏めなくなっているようだ。だから君の方からも彼女らを説得してだな」

「お断りします。彼女らは今、大事な時期です。そのような話で心を煩わせている場合ではありません」

「ロラン、君の言うことも分かるがね。ギルドにも財政事情というものがある。金がなければ組織は回らない」

「財務に関することは私の管轄ではありません。そもそもダンジョンを攻略してAクラス冒険者を輩出したんです。資金の目処などどうとでもなるはずでしょう？」

「そんなことを言ったって。モニカ達の肖像権収入が入るのは来月だし、ダンジョン経営については『金色の鷹』の力を借りなければどうにもならんじゃないか」

「それは私の関知する所ではありません」

ロランはそう言ってラモンを振り切って歩いていくのであった。

（ぐぬぬ。おのれ若造め。少し手柄をあげたからと言って調子に乗りおって。ぐっ、胃が……）

ラモンはお腹のあたりを押さえた。

最近、彼はストレスからくる胃痛に悩まされていた。

新人冒険者の育成

ロランはランジュや『精霊（せいれい）の工廠（こうしょう）』のダンジョン経営班と一緒にダンジョンの前で打ち合わせをしていた。

ランジュはあらかじめ作成しておいた地図を広げてみせる。

「ダンジョンの8階層に『アースクラフト』の鉱山があります。12階層には鉄の鉱山が、14階層には銀の鉱山があります。ダンジョン内で最も大きい鉱床を持つのはこの3つです。今回のダンジョン経営では主にこの3つの鉱山を掘ろうかと思っています」

ランジュはダンジョン経営の方針について、細かく説明していく。

【ランジュのスキル】

工房管理（アトリエ）：A

鉱山管理：B

（スキル『工房管理（アトリエ）』がAになって、相乗効果で『鉱山管理』の技量も伸びている。これならダンジョン経営について十分任せることができそうだな）

「よし。いいだろう。それじゃ、今日はとりあえず14階層にある銀の鉱床に行こうか」

「了解です。冒険者ギルドの皆さんは？」

「手配してある。もうそろそろ来る頃なんだが……。お、来たか」

ロランは自分の部隊がモニカに率いられて近づいて来るのを目で捉えた。

通常の部隊員に加えて、リック、レリオ、マリナの3人の新人もついて来ていた。

新人の3人は初めての任務を前に緊張の面持ちでダンジョンの入り口までやって来る。

「うぅ。緊張しますぅー」

マリナが不安気に言った。

「僕もだよ。まさかいきなり『魔法樹の守人』の主力部隊に加わることになるなんて」

レリオも同調するように言った。

彼らは3人共、一応養成所を卒業できるほどの成績は修めたものの、並程度の成績で、まさか『魔法樹の守人』のような大手ギルドに就職できるとは思っていなかった。

すでに彼らは同期の者達から嫉妬と羨望の眼差しを一通り向けられた後である。

「おい、お前達、無駄口を叩くんじゃない。これからダンジョンに入るんだぞ」

リックはすっかりリーダー然とした態度で言った。

彼はその何事も率先して行う気質から、新人3人のまとめ役のような立ち位置になっていた。

（主力部隊と一緒に訓練できる。これはアピールするチャンスだ。ここで隊長に認めてもらうことができれば、一気に有名冒険者への道が開けるかもしれないぞ）

リックは人一倍意気込みながら隊列の後ろの方を行進していた。

「止まれ！　整列！」

モニカは部隊を整列させた後、ロランの下に駆け寄る。

「ロランさん。部隊の招集完了しました」

「うん。ご苦労様」

（あ、この人、面接してた人だ）

レリオはロランの方を不思議そうに眺めた。

（見たところ鑑定士のようだけど……、この人もダンジョンに入るのか？　というか、この人は一体どういう……）

リックも首を傾げた。

（Aクラス冒険者のモニカさんが真っ先に挨拶している。この人はそんなに偉い人なのか？）

3人がぼうっとしているうちにも他の隊員は1人1人、ロランに挨拶していく。

「あの、すみません。あの方は一体……？　鑑定士と見受けられますが……」

リックはベテランの隊員に聞いてみた。

「ああ、あの人はね……」

「ちょっと、あんた達なにやってんの」

ユフィネがリック達を咎めるように鋭い調子で話しかけた。

「この人は私達『魔法樹の守人』の第二部隊、隊長のロランさんよ」

「「「えっ!?　ええぇ!?」」」

3人は一様に素っ頓狂な声を上げた。

「あんた達は新人なんだから、なおさらいの一番に挨拶しなきゃダメでしょ」

「し、失礼しましたー」

リックがすかさず頭を下げる。

残りの2人もそれに倣った。

（あれ？　でもダンジョン攻略の石碑にロランなんて名前あったっけ？）

レリオは頭を下げながら内心で首をひねった。

ダンジョンの攻略メンバーはクエスト受付所にある石碑に殿堂入りとして名を刻まれる。

それは街の者なら誰でも閲覧することができた。

「あはは。いいよいいよ。先に言っておけば良かったね。僕が隊長だって。ま、何はともあれこれで全員揃ったね。それじゃ説明するよ。みんな聞いてくれ」

ロランは全員に向かって声を張り上げる。

「今回の任務は、やがてダンジョン経営に加わる錬金術師達のために、モンスターを露払いして、ダンジョン内を整備することにある。また、ダンジョン経営はステータスの調整、及び向上のチャンスでもある。各々、課題を出すからそれもきっちりこなすようにね」

「「「はい」」」

部隊の者達は班毎(ごと)に分かれながらダンジョンに入って行く。

ほとんどの者は意気揚々としていたが、新人の3人は早速隊長からの心象を悪くしてしまったことにがっくりしながらダンジョンに入って行った。

「いやー、早速、新人になめられてしまいましたね、ロランさん」

シャクマがからかうように言った。

「ったく、あいつら後でキツく言っとかないと」

ユフィネが言った。

「なんだろう。僕ってそんなに威厳がないかな」

ロランは顔に手を当てながら若干落ち込んだように言った。

「あはは」

モニカが苦笑した。

「気にすることないですよ。我々はロランさんの本当の実力を知っていますから。彼らもいずれ分かるはずです」

シャクマがあっけらかんとした調子で言った。

ダンジョンのボスを倒して最下層のモンスター達(たち)が退去したといっても、上層にはまだモンスター達が跋扈(ばっこ)して、その縄張りを主張していた。

彼らは気まぐれにダンジョンを徘徊(はいかい)して、場合によっては人間を襲ってきた。

そのため、冒険者ギルドは錬金術ギルドのために、モンスターを駆逐し、坑道を整え、要所に柵を張り巡らし、場合によっては城壁を建設する必要があった。

「よし。それじゃあ、14階層にある銀鉱山に行くよ。隊列を組んで、錬金術師を護衛しながら、俊敏(アジリティ)20（スタミナを消耗しない行軍速度）で行軍」

ロラン達は銀鉱山に向かって行軍を開始した。

途中、『鉱山のダンジョン』のモンスター、『屍肉喰い(グール)』が散発的に襲ってくるのを蹴散らしながら進んでいく。

ロランは新人達がスピードを出しすぎていないか、注意深く見守りながらダンジョンを進んで行く。

（きちんと俊敏(アジリティ)20で行軍できてる。通常行軍についてはとりあえず問題なさそうだな）

やがて一行は鉱山に到着する。

「よし。それじゃあ、鉱山の経営に取りかかるよ。みんな聞いてくれ」

　ロランが呼びかけると全員ロランに注目した。

「知っての通り、ダンジョン経営はギルドの資源を収益化するとともに、ステータス調整や向上も同時にしなければならない。まずはモニカ」

「はい」

　モニカが前に出る。

　ロランは彼女をステータス鑑定した。

【モニカ・ヴェルマーレのステータス】
腕力（パワー）：60－70↓（90－100）
耐久力（タフネス）：50－60↓（55－65）
俊敏（アジリティ）：30－40↓（30－40）
体力（スタミナ）：100－110↓（120－130）

「オーケー。ステータスは乱れていないようだね」

「はい。問題ありません」

「それじゃ、予定通り腕力（パワー）の強化しようか」

「はい」

（モニカの腕力（パワー）の場合、最高値を向上させる方法だな）

ロランはモニカのステータス向上条件を鑑定した。

ロランのスキル『ステータス鑑定Ａ』は、ステータスを表示するだけでなく、いくつかのステータス向上条件を提示してくれる。

ロランはスキル『育成Ａ』と組み合わせて、最も効率のいいステータス向上条件を導き出すことができる。

【モニカ・ヴェルマーレの腕力（パワー）向上条件】
クリーンヒット：0／100回
対象　：耐久力（タフネス）B以上のモンスターか物質
上げ幅：60－70→70－80
期間　：3日
前提条件：なし

（耐久力（タフネス）B以上の物質にクリーンヒット100回。これが一番良さげだな）

「とりあえず岩石破砕作業からいってみようか。午前中はそれに取り組むように。目標は100個だ」

「はい」

「ランジュ、モニカに耐久力(タフネス)B以上の岩石がある場所を教えてあげて」

「了解っす」

ランジュは周辺の地図を広げてモニカに耐久力(タフネス)B以上の岩石がある場所を示して見せる。

その後もロランは一人一人、ステータスを詳細鑑定していって課題を言い渡し、それぞれに合ったクエストを命じていった。

(さすがにダンジョン攻略組はステータスの乱れがないな。さて、問題は新人達か)

「リック。次は君だ。前に出て」

「はい」

リックはロランの前に出た。

【リック・ダイアーのステータス】
腕力(パワー)：30－50
耐久力(タフネス)：40－60
俊敏(アジリティ)：20－30
体力(スタミナ)：60－80

（腕力、耐久力、体力がそれぞれ誤差20になってる。ステータスに誤差が現れるのは、心身の不調、ステータスの酷使、鍛錬不足などが原因だが……、リックの心身に不調は見られないし、ステータスを酷使した形跡はない。となれば、鍛錬不足か。まあ、養成所卒業したての冒険者に万全のステータスを要求するのは酷というものか。とはいえ、主力部隊としてダンジョンで活躍してもらう以上、ステータスを絞ってもらわなければ話にならない。一番伸び代がありそうなのは腕力だが……）

　ロランはリックのステータスを詳細鑑定した。

【リック・ダイアーの腕力向上条件】
クリーンヒット：0／50回
対象　：耐久力C以上のモンスターか物質
上げ幅　：30－50→50－70
期間　：3日
前提条件　：自身の耐久力が50以上

（やっぱりな。今のままじゃ耐久力の最低値が足りないから、鍛錬しても無駄だ）

　腕力を鍛える際、耐久力が一定水準に達していることが前提条件になるというのは、よくあることだった。

　ロランは詳細鑑定を続けた。

【リック・ダイアーの耐久力(タフネス)向上条件】
運搬　　：０／40回
対象　　：重さＣ以上の物質
上げ幅　：40－60→50－60
期間　　：３日
前提条件：なし

（耐久力(タフネス)については特に前提条件もない。まずはこっちから向上させるか）

「リック。君は岩石運搬作業だ。目標は40個」

「は、了解いたしました」

「ランジュ、リックに岩石運搬作業を割り当ててあげて。重さＣクラスのものだ」

「はい。それじゃ、リックさん。モニカさんの破砕した岩石の運搬をお願いします」

「了解です」

ロランはレリオには俊敏調整のためのクエストを、マリナには魔力調整のためのクエストを命じる。

そうして3人をクエストに送り出した後、またランジュに話しかける。

「ランジュ、僕は冒険者達の訓練を個別に見てくる。新人の3人がクエストを終えてここに帰ってきたら、新しいクエストを伝えておいてくれないか？」

「分かりました」

ランジュはメモを取り出す。

「リックにはCクラスの岩石破砕クエスト50回、レリオにはCクラスの岩石破砕クエスト30回、マリナにはBクラスの体力強化のクエストを」

「了解です。その後は？」

「その後は……まだいいかな。たぶん、やりたくてもできないと思う」

こうして、ダンジョン経営が始まり、それぞれ城壁を作るための岩石を切り出したり、運搬したり、柵を張り巡らせたり、モンスター避けの火をおこしたりした。

鉱山の辺り一帯からモンスターを駆逐すると、簡易の小屋を建てて冒険者や錬金術師が寝泊まりできるようにする。

モニカは採石場で岩盤を撃ち抜いていた。

いつもより重めの矢、貫通よりも破砕を目的とした矢を『銀製鉄破弓』につがえて撃つ。

しかし矢は岩盤に撥ね返されてしまう。

(撥ね返されちゃった)

モニカはスキル『一撃必殺』を発動させる。

岩盤の急所が点灯する。

そこは先ほど確かに矢を当てた場所だった。

(急所に矢を当てたにもかかわらず、撥ね返された。ということは、攻撃力が足りなかったということか。それなら)

モニカはもう一度矢をつがえ、今度は先ほどよりももっと引き絞ってから放った。

すると、矢は寸分違わず岩盤の急所に突き刺さり、砕けて、多数の岩石に割れた。

周りで見ていた冒険者達の間でどよめきが上がる。

(よし。クリーンヒット成功)

【モニカ・ヴェルマーレの腕力向上条件】
クリーンヒット：1／100回

「よし。運び出せ。手際よくな」

ランジュが指示すると、耐久力を鍛えたいグループがモニカの破砕した岩石にロープを巻き、引っ張って運び出して行く。

　モニカは彼らが岩石を運び出すまで、撃つのを控える。

（これを3日以内に100回繰り返せばステータスアップ。よーし。ロランさんにいいところを見せるために頑張るぞ）

「っ」

　モニカは腕の筋肉がビキビキと悲鳴を上げるのを感じた。

　肘を曲げ伸ばしして揉みほぐす。

（流石に耐久Aの岩盤を砕くのは骨が折れるな。でもこれを克服しなきゃ、ロランさんの課題は達成できない）

　モニカが痛みに顔をしかめていると、隣をリックが大きめの岩石を引っ張っていくのが見えた。

「リック。大丈夫か？　そんな大物運んで」

「大丈夫です。任せてください！」

　リックは威勢良く大きな岩石を運んでいく。

　新人が張り切っている。

　その様子は周囲にいい意味で刺激を与えた。

「よし。頑張るぞ」

モニカは気合いを入れ直すと、また新しく矢をつがえ岩盤に向けて放つのであった。

「くっ、うおおお」

リックは城壁用の石に結びつけた紐を引っ張りながら、どうにか城壁を設置する場所まで運んで行く。

しかし、10個を過ぎたところですでに足はフラフラになっていた。

モニカの砕いた岩を持ち運ぼうとするもガクリと膝をついてしまう。

見かねたモニカが駆け寄った。

「大丈夫？」

「は、はい。どうにか」

しかしリックはすでに限界のようであった。

「無理しない方がいいよ」

「いえ、なんのこれしき……」

「もう息が上がってるし。ここはモンスターも出ない場所だからひとまず休んでなよ。ホラ。その石は私が持って行くから」

「大丈夫です。先ほどポーションを飲んだばかりですし」

しかし、リックは岩石を動かすことができなかった。

「ポーションで回復できるのは体力だけだよ。他のステータスは一度削れたら次の日まで戻らないから。もう今日は無理しない方がいいよ。さ、私に任せて」

「しかし、モニカさんにもノルマが……」

「私はもう、今日のノルマは終わったから」

モニカはリックから城壁用の石を取り上げてしまう。

「ぐっ、すみません」

リックはその場に崩れるように腰を下ろし、ひとまずステータスが回復するまで休憩することにした。

モニカがリックの代わりに岩を運んでいると、レリオがその隣を素早く通り抜けて行く。

彼はポーションのように軽いアイテムの運搬を担当している代わりに、その運搬には速さが求められた。

(もっと急いで運ばないと。ノルマは今日中に200個なんだから)

レリオはまだ整備されていない障害物だらけの道を軽やかなフットワークでかわしながら進み、休憩所のボックスに空のポーションと新しいポーションとを入れ替える。

そうして、あっという間に次の休憩所へと進んでしまう。

(速い。俊敏50－60ってところかな……)

「彼はやがて俊敏(アジリティ)１００まで行くよ」

「あっ、ロランさん……」

「おそらく正統派弓使い(アーチャー)として頭角を現していくことになるだろう」

「……」

「大丈夫かい？」

モニカは少し葛藤するような表情を浮かべたが逞(たく)しく笑ってみせた。

「大丈夫ですよ。私には私の戦い方があります。たとえ正統派弓使い(アーチャー)になれなくてももう落ち込むことはありません」

「その言葉が聞きたかったんだ」

ロランは満足したように言った。

「あっ、ゴブリンが10体ほど近づいてきています」

モニカは『鷹の目(ホークアイ)』で接近してくる敵を捉えた。

「迎撃してきますね」

モニカはそう言って岩石に繋(つな)げていた紐を下ろすと、射撃ポジションに向かって行った。

「ふええええーん。もう歩けませぇん」

隊列の後ろの方でマリナが弱音を吐いている。

「アンタ、まだ『魔除けの篝火』5個も焚いてないでしょーが。この後これを10回繰り返すんだから、さっさと歩きなさいよ」

　ユフィネは杖でマリナを小突きながら無理矢理歩かせた。

　城壁やポーション、魔石の運搬を何往復かして、お昼が回った頃、ほとんどの冒険者達は課題を終えていた。

　一方で新人3人は6割程度の進捗状況でギブアップしていた。

「ぐっ、キツすぎる」

「もう一歩も歩けませぇん」

「……」

「やれやれ。もうへばったのか？　まだ課題の6割も達成できてないぞ」

　ロランが呆れたように言った。

「すっかり体力を使い果たしてしまったようですね」

「ったく、だらしないんだから」

「あはは」

　リック達3人が力尽きている一方で、モニカ達3人は課題を終えてなお余力を残していた。

（くっ、この人ら。こっちの何倍も仕事をこなしてるっていうのに。どんだけ体力あるんだよ）

レリオはパンパンに腫れ上がった脚をさすりながら、げんなりした表情でモニカ達を見送った。

ロランはリックのステータスを鑑定する。

【リック・ダイアーのステータス】

腕力（パワー）：1－50
耐久力（タフネス）：1－60
俊敏（アジリティ）：1－30
体力（スタミナ）：1－80

（全ての基礎ステータスの最低値が1になっている。やれやれ。腕力（パワー）と耐久力（タフネス）、体力（スタミナ）はともかく、俊敏（アジリティ）まで消耗してるってことは、まだまだ体の使い方がなってない証拠だな）

ロランはレリオとマリナの2人にもステータス鑑定を使ってみた。

2人もリックと同様あらゆるステータスが消耗していた。

（明日、回復してからまたステータスを鑑定する。彼らはまず体の使い方を覚えることか

らだな）

「それじゃ、これからモンスターの掃討及び部隊行動の訓練を始めるよ。余力のある者はついて来てくれ」

　ロランがそう言うとモニカ、シャクマ、ユフィネを始め、ほとんどの者が立ち上がってロランについて行く。

（なっ、この後もまだ訓練やるの？）

「リック達は『魔除けの篝火』の近くにいてね」

　モニカが優しげに言った。

「そこから出たら、死んでも知らないわよ」

　ユフィネが厳しめに言った。

（これが『魔法樹の守人』の主要部隊。養成所とはレベルが違いすぎる）

　ロランは部隊行動の訓練を指揮しながら新人の育成方針について考えを巡らせていた。

（3人の性格は大体分かった。リックは自主性と意欲は高いが、テンションに波がある。優しいモニカの近くに置いて、随時、フォローと励ましをさせよう。マリナは目を離すとすぐサボるクセがある。厳し目のユフィネと組ませて目を光らせておこう。レリオは気分の浮き沈みがなく安定している。何事もそつなくこなすタイプだ。だが、求める役割上、もっと上を目指してもらわなければならない。シャクマと組ませて、全体を見る目を養わ

せる。とりあえずこんなところかな）

ロランはそう結論づけると、ランジュにそれぞれの配置を指示しておいた。

ステータスの強化

「ホラ。リック。頑張って。もうちょっとだよ」

「くっ、はい」

「マリナ。あんたまたサボってんの？　いい加減にしなさいよ」

「ふぇーん。すみませーん」

「レリオ君。ランジュさんに午後に必要なポーションと魔石の数を聞いておいてください。

隊長の考えていることを把握しておくと次の行動の準備ができて便利ですよ」

「は、はい」

鉱山の周りは順調に整備されつつあった。

錬金術師達が作業する予定の場所を守るべく、破砕した岩石を積み重ねた城壁が形成され、そこら中に『魔除けの篝火』が焚かれている。

また、ダンジョンの入り口から鉱山までの道は石畳で舗装されており、両脇には一定距離ごとにこれまた『魔除けの篝火』が焚かれていた。

ロランはリック、マリナ、レリオの３人が働く様子を高い場所から見守っていた。

（３人共、作業の能率が上がっている。とりあえず狙いは成功……ってとこかな）

　リックは城壁用の石30個を運ぶばかりでなく、今や石切場にて破砕用の剣を振るっていた。

　マリナはモンスター除けの篝火を焚くばかりでなく、ポーションを配っていた。

　レリオはポーションを配るばかりでなく、石切場で破砕作業に当たっていた。

「隊長、城壁用の石30個の運搬及び、岩盤破砕50個完了いたしました」

「篝火30個の点火とポーション100個の運搬完了しましたぁ」

「ポーション200個の運搬及び岩盤破砕30個完了いたしました」

　ロランはステータス鑑定した。

【リック・ダイアー】
腕力（パワー）：40－50
耐久力（タフネス）：50－60
俊敏（アジリティ）：20－30
体力（スタミナ）：40－50

（全てのステータスが誤差10以内になってる。ステータス調整には成功か）

　レリオとマリナのステータスに関してもリック同様誤差10位内に収まっていた。

「ん。３人共、よく頑張ったね。ステータス整ってるよ」

リック達３人は喜色を浮かべて顔を見合わせる。

モニカとユフィネはその様を驚きの目で見ていた。

（冒険者として本格的な鍛錬を始めてまだ３日目なのに、もうステータス調整を終えるなんて……。私達が新人の時はステータス調整できるようになるまで少なくとも３ヶ月はかかったのに……）

（いくらロランさんの育成スキルの効果があるとはいえ、成長スピードが速すぎる）

初めは課題をクリアするのに気の遠くなるほど時間がかかるかに思われた３人だったが、同じ部隊に所属する、よりステータスの高い冒険者の走り方、体の使い方を見様見真似で参考にしているうちにすぐに最適な動きを身につけていた。

「流石はロランさん。あの３人をこれほど早く成長させるとは。我々もうかうかしていられませんね」

シャクマがあっけらかんとした調子で言った。

しかし、内心ではモニカ達３人も危機感を抱いていた。

ロランは新人３名の成長に一定の満足を示した。

（３人共、新人とは思えない成長スピードだ。レベルの高い環境に置かれれば、それだけで成長は速くなる。部隊に放り込むだけで成長するんだから管理要らずで助かる）

それはギルドの土壌ともいえる、お金では買えない価値だった。

（だが、ここからだ。ここから部隊全体の成長速度を加速させる必要がある）

「リック、レリオ、マリナよく頑張ったね」

「いやぁー厳しい課題でしたが、どうにか達成することができました」

「うん。とりあえず第一段階はクリアってところかな」

「では、いよいよ我々も部隊演習に参加ですか？」

リックがその顔にやる気を漲らせながら言ってきた。

「いや、その前にまず君達にはスキルの幅を広げてもらう」

「スキルの幅……でありますか？」

「ああ、面接の時に言ったように君達にはそれぞれ特殊ユニットとしての活躍を期待しているんだ。リックは前衛も後衛もできる魔導剣士、レリオは指揮補佐もできる弓使い、マリナにはアイテム保有もできる魔導師。全員来期のダンジョン攻略までにスキルの幅を広げて形にしてもらう」

（俺達が来期までに特殊ユニットに。本気なのか？　スキルなんてそう一長一短では身につかないぞ）

「リックには支援魔法『俊敏付与』と『全体回復』、レリオにはステータス鑑定、マリナには『鉱石保有』、『装備保有』、『薬剤保有』の３つを覚えてもらうよ」

「しかし、そんな急にスキルを覚えろと言われましても……」

「大丈夫。サポートする準備は整っている。チアル！」

「はい」

ロランの後ろに控えていたチアルがピョコンと前に出る。

その隣には『精霊の工廠』に所属しているアイテム保有士も一緒にいた。

「紹介しよう。彼女はチアル。ウチの武器製造を一手に担う『精霊の工廠』の錬金術師だ」

リックとレリオは目を丸くする。

（なっ、錬金術師って……、女の子？）

（しかもエルフ……だと？）

チアルと一緒に現れたアイテム保有士は袋から杖と、弓矢、そして袋を取り出す。

「これは……」

「皆さんの新しい鍛錬用装備です」

チアルが言った。

「ロランさんのステータス鑑定とスキル鑑定を元に、私が作成した特別装備です。皆さんが最も効率よく鍛錬できるように設計されています。さあ、皆さん早速装備してみてください」

「リック。まずは君からだ。装備してごらん」

「はあ」

リックは杖を手に取って、しげしげと眺めた。

先っぽに付いている魔石が目に留まる。

(なんだろう。妙に小ぶりな魔石だな)

「魔石が小粒なことを不審に思っているようだな、リック」

「え、いや、そのようなことは……」

「まあとにかく、騙(だま)されたと思ってその装備を使ってみてくれ」

「はあ」

リックはその場で『俊敏付与(アジリティ)』を使える支援魔導師と『全体回復』を使える治癒師(ヒーラー)に呪文を指導してもらい、とにもかくにも『俊敏付与(アジリティ)』と『全体回復』をかけてみた。

杖の先からはその小粒な魔石にふさわしく、微(かす)かな光しか放出されない。

「これ、大丈夫ですか？　全く魔力を消耗した感覚がないのですが……。本当に魔法発動しているんですかね？」

「ああ、大成功だよ」


【リック・ダイアーのステータス】

魔力：9・9（↓0・1）

（消費魔力0・1。これなら『俊敏付与（アジリティ）』と『全体回復』を今日中に100回練習できる）

「スキルがEの時は威力よりも、とにかく数をこなすことが大事なんだ。これなら早ければ今日中に『俊敏付与（アジリティ）』『全体回復』共にCまで向上させられるはずだ」

「はあ」

「もし、『俊敏付与（アジリティ）』と『全体回復』をCまで向上させることができたら、部隊演習に参加させてあげるよ」

「なっ、本当ですか？」

（俺が主力部隊の部隊演習に……。となれば、ダンジョン攻略への参加も夢じゃない）

「ロランさん。この課題、必ずクリアしてみせますよ」

「ああ、期待してるよ。さて、次はマリナ」

「はい」

「君にはこのアイテム保有用の袋。これを装備してもらう」

「わーい。新装備だー。これはどんな凄（すご）い装備なんです？」

マリナは新しいおもちゃをもらった子供のようにはしゃいで、新装備を受け取った。

「これは『鉱石保有』、『装備保有』、『薬剤保有』の全てに対応したアイテム収納袋だ。全て同時に鍛えられるというわけ。まずはこれを収納してみてくれ」

「わ、なんですかこれ。可愛いー」

それは通常よりも小さ目の容器に入れられたポーション、小さめの鉱石、小さなナイフ（装備）だった。

「アイテム保有系スキルの向上は、アイテムの収納量と運搬距離の掛け算によって決まる。スキルがEの場合、運搬距離がモノを言う。だからまず、軽量のモノを収納して距離を稼ぐ。今後、君には通常鍛錬の後、小さなアイテムを収納して、この鉱山から街まで10往復してもらうよ」

「えー。そんなに走るんですかー？」

「体力を優先的に鍛えたのはそのためさ」

「うーん。もっと楽な鍛錬ってありませんかね？　あんまり汗かかなくて痛くないもので」

「ん？　なんなら1日中ユフィネと一緒に鍛錬する？」

「は。アイテムの運搬、全力でやらせていただきます」

マリナは神妙な態度でそう言った。

「ん、よろしい」

（上昇志向の強いリックは、部隊参加の餌をチラつかせてモチベーションを上げる。サボりがちなマリナは、ユフィネを脅しに使って発破をかける。２人に関してはこんなところか。問題はレリオだな。軍師の育成は経験がモノをいうところがある）

「あの、ロランさん僕は？」

「レリオ。君には僕の仕事を手伝ってもらう」

「えっ？　ロランさんの？」

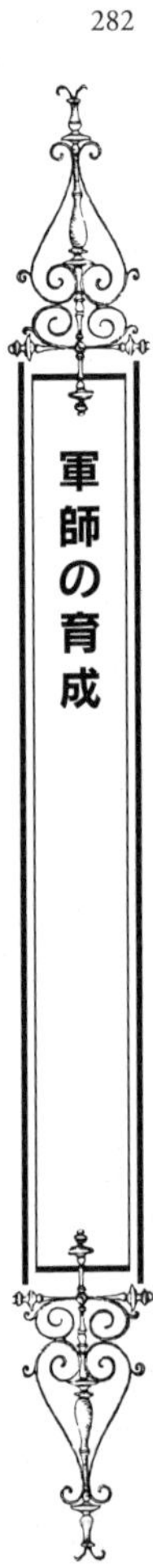

軍師の育成

リック、レリオ、マリナの3人はスキルの拡張とステータスアップのため、新たな課題に取り組み始める。

「『俊敏付与(アジリティ)』」

リックが呪文を唱えると、岩の上を這(は)う芋虫が青い輝きに包まれて、心なしか移動速度が上がる。

（うーむ。一応魔法はかかっているようだが、これ本当に実戦で使えるのか？）

「リック。調子はどう？」

「あ、モニカさん」

リックは後ろから話しかけられて、少しドキッとしながら振り返った。

目の前でショートカットの金髪がサラサラと揺れている。

「お疲れ。はい。リックの分もポーション持ってきたよ」

「おお、ありがとうございます」

「支援魔法の訓練どう？　上手(うま)く行ってる？」

「いやぁ。なかなか難しいですね。魔法系スキルの鍛錬はあまりしたことがないので」

「前衛なのに、魔法までやらされて大変だと思うけれど、頑張ってね。ロランさんの課題をこなしていれば必ず成長できるから」

「は、はい」

リックは少し照れながらうなずいた。

「よいしょっと」

モニカは近くの岩に腰掛けてポーションをゴクゴク飲み始めた。

リックもポーションを飲みながら彼女の白魚のような喉が上下に動くのを盗み見た。

(モニカさん、いいな。Aクラス冒険者なのに気さくに話しかけてくれるし、新人である俺にも優しい。彼氏とかいるんだろうか？)

「おっと、そろそろ『俊敏付与(アジリティ)』の鍛錬を再開しないと」

リックは杖を再び、芋虫に呪文をかける。

ふと、モニカの方を見ると彼女はまだ岩に腰掛けていた。

「モニカさんは鍛錬に戻られなくて大丈夫ですか？」

「うん。ランジュに待機しておくよう言われてて」

「なるほど。そうでしたか」

リックが再び鍛錬に集中しようとすると、モニカが側(そば)に寄ってきて、肩越しに魔法をかける様子を覗(のぞ)き込んできた。

仄かに甘い香りが漂ってくる。

「えっと……、モニカさん？」

「今からするの『俊敏付与』だよね。見てていい？　私も勉強したいから」

「えっ？　ええ、もちろんですよ」

（モニカさんが見ている。よし、ここはいっちょいい所を見せるチャンスだぞ）

リックはモニカの存在を近くに感じてドキドキしながら、呪文を唱えようとする。

しかし、その試みは闖入者によって中断された。

「やぁ。やってるかい？」

ロランが現れて2人に声をかけた。

「あ、ロランさんっ」

すると、モニカは後輩思いの優しい先輩から、年上の上司に憧れる部下に早変わり。

自分の訓練の成果について、常にない熱心さでアピールし始める。

頬を朱に染めて、瞳はキラキラと輝き、視線は甘えるような上目遣いをしたり、伏し目がちに泳いだりしている。

乙女の恥じらい、楚々とした動作。

先ほどまでの頼りがいのあるお姉さん然とした態度はどこにもなかった。

リックは呆然としながら2人の様子を見る。

（モニカさん、あなたは……。くっ、俺も必ず部隊長になってみせるぞ）

リックは杖を構えて呪文を唱える。

（先ずは目の前の課題からだ。これをクリアすれば、部隊行動演習に参加できる！）

マリナはユフィネに追い立てられながら、街への道を走っていた。

「ほら、さっさと走りなさい。私が見張ってやってるんだから、チンタラしてるんじゃないわよ」

「うわーん。ロランさんの嘘つきー。結局、ユフィネさんが1日中張り付いてるじゃないですかー」

「うるさい。つべこべ言わずに走れ」

「ひーん」


レリオは鑑定石と呼ばれる石でスキル『ステータス鑑定』の訓練をしていた。

鑑定石とは、スキルやステータスを宿すことのできる石で、鑑定士のスキル訓練にもってこいと言われるアイテムだった。

「腕力50、耐久力30、俊敏70、体力40、ですか？」

「正解だ。基礎ステータスについてはもう完璧だね」

ロランが言った。

「はい」

「それじゃ、いよいよ軍師として本格的な演習をしてみようか」

「演習……ですか？」

「ああ、モンスターのステータス鑑定、偵察だよ」

「偵察……」

「ま、でもその前に」

「？」

「お昼ご飯にしよっか」


午前の鍛錬を終えたロラン隊の面々は、テントに集まって支給される昼食にありついた。

ロランはというと昼食も後回しにして、この機会に冒険者達（たち）のスキルとステータスをチェックしていた。

【リック・ダイアーのスキル】
俊敏（アジリティ）付与：C
全体回復：C

【レリオ・サンタナのスキル】
ステータス鑑定：C

【マリナ・フォルトゥナのスキル】
装備保有：C
鉱石保有：C
薬剤（ポーション）保有：C

（新人の3人ともEだったスキルがすでにCになっている。やはり、これまで手が付けられていなかったスキルは伸びるのが早いな。そろそろ新しい装備を支給する頃か）

「ロランさん」

ロランが足下から聞こえてきた声に反応すると、お弁当を持ったエルフの少女がいた。

チアルだった。

「これ、お昼ですよ。まだ食べてないでしょ」

「チアル。来ていたのか」

「はい。ランジュさんに呼ばれたんですよ。そろそろロランさんが武器のチューンアップを命じてくる頃だって」

「はは。ランジュの奴、気が利くな。本当2人とも頼りになるよ」

ロランはチアルからお弁当を受け取って、昼食をとり始めた。

その一方で鑑定作業は相変わらず続ける。

「新しく入られたお三方の調子はどうですか？　私の作った装備との適応率は？」

装備と装備者の適応率が低いと、ステータスを過剰に消耗したり、装備の損耗が激しくなったりする。装備の適応率を上げる工夫をするのは、装備の製作者であるチアルのお仕事だった。

「ちょっと待って。今、鑑定しているから。チアル。リック、レリオ、マリナの新装備、それぞれ適応率70、60、65パーセントだ」

「ふぁい」

チアルは携帯食を口の中でもぐもぐさせながら、メモを取った。

「どうしますか？　既存の装備を作り直しますか？」

「いや、3人共もうあの装備では物足りないだろう。パワーアップさせる必要がある。新しい装備を準備してくれ」

「了解です。では、作り直しはなしですね」

「うん。ただし、新規装備の適応率を上げるため使い心地についての聴取と武器の損耗率

に関する検分については実施しておくこと」

「はい！」

チアルは楽しそうに予定表にメモを取っていく。

こうして、新人３人の鍛錬は進められ、時は瞬く間に過ぎて行った。

「『俊敏付与（アジリティ）』」

リックが呪文を唱えるとレリオの体に緑色の光が纏（まと）わりつく。

「おおー」

「感じはどうだ？」

「分かんないけど、ちょっと体が軽くなったかも」

レリオはその場で垂直跳びしたり軽く走ってみる。

「うん。いつもより明らかに速い」

「リック、私にもやってみてよ」

マリナがせがんでくる。

「待ってくれ。その前に魔力を回復したい」

「はい、これ」

マリナが懐の袋から『マジックチェリー』を取り出す。

「お、助かる。……う、酸っぱい。やはりちょっと苦手な味だな」

「リック！　早く『俊敏付与』して！」

「まあ待て。そう慌てるな。『俊敏付与』」

リックがマリナに杖を向けながら呪文を唱えるとマリナにも『俊敏付与』がかかる。

「おぉー。軽い。圧倒的に体が軽いですよ。飛んで行けそうですっ！」

マリナが両腕を羽のように広げて辺りをいつもより素早く走り回る。

レリオはマリナに『ステータス鑑定』を使ってみる。

【マリナ・フォルトゥナのステータス】
俊敏：60（↑10）－70（↑10）

（なるほど。普段50－60であるマリナの俊敏が60－70に上がっている。これが『俊敏付与』の効果か）

「いや、しかし、まさか俺が支援魔法を使うことになるとはな」

リックが苦笑しながら支援魔法用の杖を見つめる。

彼の杖には以前よりも大粒の魔石が取り付けられていた。

向上した魔力とスキルに合わせて、新しい杖が支給されたのだ。

リックだけではなく、レリオとマリナにもスキルの強化に合わせて新装備が支給されていた。

「リックは前衛希望だもんね」

「ああ、ロランさんに魔道剣士になれと言われた時にはどうなることかと思ったが、まさか本当にここまで簡単に身につけてしまうとはな」

「うん。凄(すご)いよねロランさん。初めはなんで鑑定士が隊長なんだろうって思ったけど……」

「ああ、あの人の指導は養成所での訓練とは一味違うな」

「まあ、なんにしても助かるよ。これならロランさんの課題もさっさと終えられるし」

「そうですよ。これさえあれば課題の達成も楽勝ですっ」

「いや、楽勝ってほどではないけど……」

「分からんぞ。俺は今急激に成長している。今後も『俊敏付与(アジリティ)』のスキルを伸ばしていけばあるいは……」

リックは野心に満ちた不敵な笑みを浮かながら、杖を両手でぐっと握りしめ、見つめる。

もはやすっかり乗り気だった。

「リック。リック自身に支援魔法をかけてみることはできないんですか？」

「おお、そうだな。折角だから自分にもかけてみよう。……っ」

　リックは頭痛を覚えて後頭部を押さえる。

「リック？」

「どうしました!?」

「分からん。どうも魔力を出しにくいような……。おかしいな。さっき『マジックチェリー』を食べたばかりなのに」

「ちょっと待って。ステータス見てみるから」

　レリオはリックのステータスを見てみる。

【リック・ダイアーのステータス】
魔力：1－30

（なるほど。魔力の最低値が1。ステータスが磨り減っている証拠だ。自然回復するまでは、どれだけ魔力を回復しても無駄だろうな。……っ）

　そんなことを考えているうちにレリオも目眩を覚えるようになった。

「どうしましたレリオ。『マジックチェリー』食べますか？」

「いや、これは多分……」

「リック、レリオ、マリナ。ここにいたのか」

ロランが現れた。

「あ、ロランさん」

「ふむ。３人共体力（スタミナ）が切れかけてるね」

（『ステータス鑑定』……。さすがに速いな）

レリオは３人のステータスを一瞬で識別するロランの鑑定の速さに舌を巻いた。

「ふぇ？　そう言えば私もなんだか力が抜けてきました」

マリナが地面にぺたんと手をつく。

彼女のアイテム袋からは装備、鉱石、ポーションなどのアイテムがドサドサと零（こぼ）れ落ちてくる。

レリオとリックは慌ててアイテムを拾った。

「３人共、新しく身につけたスキルは慣れるまで酷使しちゃダメだよ」

ロランはアイテム拾いを手伝いながら言った。

「すみません。手伝わせてしまって」

「いいよ。これくらい。それよりもレリオ。ポーションで回復したら、僕のテントまで来てくれ」

リックとマリナは不思議そうにその光景を見守った。

「なんか、あいつ最近ロランさんに呼び出されること多くないか？」

「そうですね。何かレリオのスキルが関係してるみたいですよ」

「スキル……といえば『ステータス鑑定』か？　一体なんの用事だというんだ？」

リックとマリナは首をひねって考え込むのであった。


レリオは木陰に潜みながら、弓矢を構えた。

矢は番えない。

弓矢に取り付けられた望遠鏡を通して偵察するのが目的だった。

レリオの目はここから遥か遠く、『屍肉喰いの巣』まで捉えていた。

【屍肉喰いのステータス】
腕力：30－40
耐久力：20－30
俊敏：45－55
体力：60－70

（なるほど。ステータス鑑定にはこういう使い方もあるのか）

「Dクラスってとこか」

レリオは素早くメモを走らせる。

その後もモンスターを1匹1匹ステータス鑑定して、敵の戦力を測る。

「さて、こんなところか。そろそろ引き上げて、ん？」

レリオは屍肉喰い(グール)の一団が巣から出てきて、こちらに向かっているのに気づいた。

(巣から出てきた。このままだとこっちに来るな)

「ロランさんに報告しなくっちゃな」

レリオは弓矢を下げて、急ぎ鉱山に戻った。

「これが今日、偵察した分です」

レリオは報告書をロランに提出する。

そこにはこの付近に生息するモンスターのステータスについての詳細な調査結果が記されていた。

「助かったよレリオ。僕一人でモンスターの偵察までするのは大変でさ」

「はぁ」

「ふむ。11階層の屍肉喰い(グール)のステータス平均は50か。これなら訓練後の消耗したステータスでも十分狩れるな」

「あと、ロランさん」

「ん？」

「屍肉喰い（グール）の一隊がこちらに近づいてきています。Ｃランク程度の屍肉喰い（グール）が10体です」

「ふむ。ではどうすればいいと思う？」

「近づいてくる屍肉喰い（グール）の知能はそれほど高くありません。接敵すれば闇雲に攻撃してくるでしょう。盾持ち５人ほどで受け止めて、攻撃魔導師に１体ずつ片付けさせれば問題ないかと思います」

「なるほど。悪くない案だ。ただどうせならこの近くの高所に弓使い（アーチャー）を伏せて、そこまで誘（おび）き寄せてから仕留めた方がいいね」

「あ、そうか」

「ステータスを見て、盾隊を５名、攻撃魔導師を３名、弓使い（アーチャー）を５名選抜するんだ。そして作戦を伝えてきてくれ」

「はい」

（ひょっとしてこのまま雑用係になるわけじゃないよな。僕は冒険者志望なんだけど）

レリオは少しモヤモヤした気持ちのまま駆け出していく。

（レリオ、まだ自分の役割に釈然としていない感じだな）

ロランはレリオの走っていく後ろ姿を見て、そう感じた。

（やれと言えばなんでも卒なくこなす。優秀な奴（やつ）だ。だが、期待する役割上、これだけでは足りない。どうにか来期までに成長して欲しいところだが……）

ロランはレリオの提出した報告書に目を通す。

「『屍肉喰い(グール)の巣』か……」

(技術的なことは口頭で教えられるが、この役割は経験がモノを言うところもある。そろそろ次の段階に行ってみるか)

程なく屍肉喰い(グール)の一隊は撃退された。

レリオが戻ってくるのを見て、ロランは全員に召集をかけるように命じた。

連絡係はラッパを吹き鳴らして、召集をかける。

隊員が集まってくると、ロランは全員の前に立って、説明を始める。

「今日からは新人のリック、レリオ、マリナにも部隊訓練に加わってもらう」

リック達(たち)の顔がほころんだ。

いよいよ自分達も憧れの冒険者達に混じって演習に参加できるのだ。

「今回の目標は14階層丘陵地帯『屍肉喰い(グール)の巣』に立て籠もっているモンスターを掃討、もしくは全滅させることだ。すでにレリオの偵察によって、モンスター達が『屍肉喰い(グール)の巣』の外郭を城壁で取り巻き、要塞化していることが分かっている。

攻略するには唯一の侵入経路である3つの門を破り、三方向から同時に攻撃する必要があることが分かっている。そこで攻撃にあたっては部隊を四つに分ける。門に攻撃を加える攻撃部隊3つと後ろで控えている予備部隊一つだ。さらに今回は僕が部隊から抜けていることを想定して戦う」

「ロランさんが抜けている？　どういうことですか？」

ユフィネが聞いた。

「そのままの意味さ。僕が部隊から抜けた状態で戦うんだ。そのため、各部隊で指揮統率に頭を使う必要があると共に、3つに分けられた部隊の橋渡しをして、作戦を指揮する人間が必要となる」

（作戦を指揮する人間！）

（間違いない。その人物こそ、新規部隊の隊長となる者）

隊長志望のシャクマとユフィネはそう直感した。

「今回、作戦の指揮はレリオに務めてもらおうと思う」

全員の視線がレリオに注がれた。

（え？　僕？）

「あのぅ。ロランさん。新人の子をいきなり指揮官にするというのはちょっと……マズイのでは？」

モニカが全員の意見を代弁するように言った。

「どうしてだい？」

「レリオもまだ養成所を卒業したばかりで実際のダンジョンでの部隊行動に慣れていませんし……」

「レリオには作戦指揮について最低限の知識は叩き込んである。今回、敵情を偵察して作戦を立てたのもレリオだしね」

「しかし……」

「モニカ。僕は何もレリオを特別扱いしようとしているわけじゃない。個々の適性を見て配置を考えているんだ」

「はぁ」

「レリオに作戦指揮を任せる。これは決定事項だ。いいね？」

「う、ロランさんがそう言うのでしたら……」

モニカはすごすごと引き下がる。

「さ、いつまでも決定したことに文句を言っていないで、君達には他にすることがあるだろう？　人員の配置、部署、装備、全部自分達で決めなきゃいけないんだよ。相談したり決めたりしなきゃいけないことは山ほどあるはずだ。もう全ての準備はできているのかい？　今回、僕は一切口を挟まないよ」

ロランがそう発破をかけると、全員バタバタと準備に取り掛かった。

モニカ、シャクマ、ユフィネの３人は相談して、部隊を３つに分け、それぞれ装備やステータス、兵科がなるべく均等になるように調整し、それぞれ攻める場所を決めた。

こうしてモニカ達は万全の準備をして、『屍肉喰い(グール)の巣』を前にするのであった。

屍肉喰い(グール)は、人間や動物、モンスターの屍肉を漁(あさ)る化け物で、武器も持たずその爪と牙で攻撃してくる特段変わった能力を持たないモンスターだった。

ただし、石壁で巣を形成し無限に増えるのと、ほとんど外見に変わりはないのにその強さにEからBクラスまで幅があるのが厄介なところだった。

冒険者が屍肉喰い(グール)を見て雑魚モンスターと早とちりし、返り討ちにされるといった話が後を絶たない。


「あれが『屍肉喰い(グール)の巣』ですか」

「なるほど。城塞化されてるわね。小高い丘一帯に城壁が築かれている」

「確かにあの城壁を越えるのは大変そうだね。となると、作戦通り門から正攻法で攻めた方が良さそう。門はあれかな？」

「作戦指揮官に聞きましょう。レリオ。作戦についてもう一度説明しなさい」

レリオは全員の前に立たされる。

（うう。緊張するなぁ）

「えっと。では説明します。先ほどロランさんが説明していた通り、『屍肉喰い(グール)の巣』は

3つの門を同時に攻略しなければなりません。城壁の中には河川が引かれており、跳ね橋を下ろさなければ移動できないようになっています。また一部うず高く盛られた土の上に櫓（やぐら）が建てられ、侵入した敵に上方から狙い撃ちできるようになっています。3つの門の先にそれぞれ射撃台、跳ね橋を動かす機械、そして屍肉喰い（グール）を召喚し続ける魔法陣があります。この屍肉喰い（グール）を召喚し続ける魔法陣を消すことが最終目標ですが、ここに辿（たど）り着くためには、櫓を制圧し、跳ね橋を下ろす必要があります」

「ずいぶんと高度な建築技術を駆使しているのね。モンスターのくせに」

「どうも『屍肉喰い（グール）の巣』の中には『小鬼の工兵（ゴブリン・サッパー）』が紛れ込んでいるようです」

「『小鬼の工兵（ゴブリン・サッパー）』？」

「ええ、建築系のスキルが異様に高いゴブリンです。なぜ『小鬼の工兵（ゴブリン・サッパー）』が屍肉喰い（グール）の群れに紛れ込んでいるのかは不明ですが、彼らは一夜のうちに城門と射撃台を修復することができるので、3つの門全てを同時に攻略しなければ、『屍肉喰い（グール）の巣』を攻略することはできません」

「なるほど。ま、いいわ。それじゃ、予定通り、私は魔法陣に連なる東の門から、モニカは跳ね橋の機械に繋（つな）がる西の門から、シャクマは射撃台に辿り着く南の門から攻める。それでいいわね？」

「承知しました」

「うん、分かった」


攻撃が開始される。

まずは巣の周りをうろついているモンスターを軽く蹴散らす。

モンスター達は慌てて巣の中に入り、閉じ籠った。

攻撃部隊はそれぞれ『屍肉喰いの巣（グール）』に繋がる3つの道に布陣して包囲する。

予備軍は攻撃部隊の少し後ろに控え、背後から現れるモンスターに備えた。

こうして敵の逃げ道は塞がれ、こちらの退路が確保される。

レリオだけは部署全体が見渡せる小高い丘の上に陣取った。

ここなら、味方の動きだけでなく、城壁の向こう側にいる敵の動きまで見ることができるので、戦況を把握しながら、指揮を執ることができた。

彼の俊敏（アジリティ）なら、各部隊には30分ほどで駆けつけ、伝令を出すことができるだろう。

3つの道の先には頑強な門が待ち構えている。

各攻撃部隊は門を破壊すべく、攻撃を加え始めた。

するとモンスター達は城内を移動し始め、続々と門の前に集結し始める。

レリオはこちらを迎え撃つべくそれぞれの門の後ろに控えているモンスターのステータスを鑑定してみる。

(!?　シャクマさんの攻めている門の内側に一際ステータスの高い屍肉喰いが集結している!?)

「……マズイな」

このままではシャクマの部隊は返り討ちにされる。

レリオは急いでシャクマの下に駆けつけた。

初めに門を突破したのは、ユフィネ達だった。

破城槌と強弓、攻撃魔法で門を破砕した後、門の後ろに控えていた屍肉喰いの一団を撃破して、城の内側に雪崩れ込む。

「さぁ、進め！　一気に『屍肉喰いの巣』を攻略するのよ！」

城内を進むユフィネの部隊に上から弓矢の雨が降り注いだ。

「うわっ」

「ぐっ」

進んでいた部隊は急いで盾で身を守る。

しかし、矢の雨が激しすぎてそれ以上進むことができなかった。

こちらから矢を飛ばしても背の高い櫓の上までは届かない。

(くっ。なるほど。確かにこれじゃ進めないわね。櫓が制圧されるのを待つしかないか。

モニカとシャクマは上手(うま)くやっているかしら?）

「さあ、攻撃を加えてください。城門を破るのです。モニカとユフィネの部隊に後れをとってはなりませんよ」

シャクマの号令の下、部隊は南門に攻撃を開始する。

最前列の2人の戦士(ウォーリアー)が破城用の槌(つち)で、そして最後尾の弓使い(アーチャー)の一団が強弓で、それぞれ攻撃を加える。

しかし、なかなか門は崩れない。

「くぅ。なかなか捗(はかど)りませんね」

門に連なる道は両側が崖になった細い道でせいぜい人間2人が通れる程度だった。

また、シャクマの班には、『攻撃付与』が使えるということで、攻撃魔導師が配置されていなかった。

そのせいで、攻撃に厚みをつけにくかった。

（今頃、モニカ達は門を破っているのでしょうか。チンタラやっているヒマはありませんね）

「よし。『攻撃付与』を……」

「待ってください！」

「おや？　レリオ君じゃないですか。どうしたんですか？」

「この門の先には相手方の精鋭が控えています。簡単には撃破できません。ひとまず麓まで退却し、平地に誘い込んでから『地殻魔法』で守りを固めた方がよいかと（『地殻魔法』は平地でないと発動できない）」

「『地殻魔法』？　そんなことをすれば弓射撃以外の攻撃ができなくなるじゃないですか」

「ええ、まずは弓射撃で敵の戦力を削ぎ、それから決戦するのです」

「冗談じゃない。相手は所詮屍肉喰い。恐るるに足らず。攻めて攻めて、攻めまくればいいのです」

「いや、でも……」

レリオはシャクマのステータスを鑑定した。

【シャクマ・ハキムのステータス】
俊敏：50－80
体力：50－70
魔力：50－90
指揮：50－80

（シャクマさんのステータスが消耗している。シャクマさんだけじゃない。みんな訓練の後だから消耗しているんだ）

　ステータスが過度に消耗していれば、パフォーマンスが不安定になる上、さらに消耗が加速する恐れがあった。

「シャクマさん、でも……」

「くどい！　『攻撃付与』!!」

　シャクマが呪文を唱えると前列の戦士達に赤い光が纏わりつく。

　その瞬間、門が開かれ、モンスターが突撃してきた。

　シャクマ達はしばらくの間、互角に戦ったが、途中で息切れし、押され始める。

　シャクマを説得することに失敗したレリオは、モニカの陣営に向かっていた。

　モニカ達は折しも門を突破しようとしているところだった。

「突破まで、もう少しだわ。頑張って」

　モニカは部隊を鼓舞した。

「モニカさん！」

「レリオ君？　どうしたの？」

「シャクマさんの部隊が押されています。このままでは突破できません。こちらの部隊から戦士(ウォーリアー)を数人分けていただけませんか？」

「分かった。それじゃあ、ロランさんに相談してみるね」

（いや、ロランさんに相談って……。それじゃ間に合わないって！　というか、このクエストってロランさん抜きでやるのが前提じゃ……）

モニカの送った使いがロランの下から帰る頃には、シャクマの部隊は押しに押され丘の麓まで後退していた。

結局、その日、門を突破することができたのはモニカとユフィネの部隊だけで、シャクマ達は城門を突破することができなかった。

日が暮れ始め、モニカ、シャクマ、ユフィネの3人は戦闘を諦めて退却した。

『小鬼の工兵(ゴブリン・サッパー)』達は、モニカ達が帰ったのを見計らって城門の修理に取り組み始める。

城門は瞬く間に復元し、新たにモンスターが現れ、城の戦力は補強された。

モニカ、シャクマ、ユフィネ、レリオの4人はロランの前で正座させられていた。

「Aクラス候補が3人も揃(そろ)って、『屍肉喰い(グール)の巣』を突破できず……か」

4人はションボリと項垂(うなだ)れる。

「まあ、こういうこともあるさ。明日もまたこのクエストに取り組んでもらうから。各自今日の反省について話し合っておくように」

　ロランはそれだけ言うとその場を後にした。

「ちょっと、シャクマ。ロランさんに怒られちゃったじゃないの。あんただけよ。城門を突破できなかったの」

「うう、かたじけない」

「一体なんなのよ。何がいけなかったのよ」

「まあ、まあ、ユフィネ。そんなに怒らなくっても……」

「実力を出し切ることができませんでした。あと一歩というところだったのですが……」

「じゃあ、明日は実力を発揮するために士気を充実させておきなさい」

「はい……」

「明日こそ城塞を陥落させるわよ。ロランさんが見てる前でこれ以上の失態は許されないからね」

　レリオは複雑な気持ちで3人の会話を聞いていた。

（口を挟みたいけど、みんな先輩だから意見を言いづらい）

　レリオは深夜遅くにロランの下を訪れていた。

「どうしたんだい？　レリオ」

「ロランさん、やっぱり無理ですよ。僕のような新人に作戦の指揮なんて」

「どうしてだい？　スキル的には申し分ないし。今日の指揮も悪くなかったよ」

「でもロランさん。僕のような新人が作戦を立てても、皆さん言うことを聞いてくれないんですよ」

「うん。よく気づいたね。そう、どれだけ立派な作戦を立てても、言うことを聞いてくれる人と、聞いてくれない人がいるんだ」

「言うことを聞いてくれる人と、聞いてくれない人……」

「人間はそれほど単純じゃないってことさ。どれだけ多大な権限を有していたとしても、いざ命令してみたらその通り動いてくれないなんてことはザラだ。特に自分の専門分野や管轄に関わることとなると、他者や他部署の介入を嫌うものだ。戦闘の極限状態になればなおさらその傾向は強くなる。とにかく作戦を指揮するには、ただ情報を集めて作戦を立てればいいってものじゃないってことさ。全部隊に作戦の遂行を徹底させる。つまり、有能な敵を封じるだけじゃなく、無能な味方も封じなければいけないんだ」

「それを僕にやれって言うんですか……」

「うん」

「そんな無茶な……」

「まあ、そう後ろ向きにならないで。まずは誰が言うことを聞いてくれて、誰が言うことを聞いてくれないのか。それを見極めることからだ。そうだね。試しに明日、武器の変更を提案してみたらどうかな？」

「武器の変更……ですか？」

「今日、ステータス鑑定してみて気づいただろ？　訓練の後だからみんなステータスが落ちてる。普段の装備よりも、グレードダウンした装備を身につける必要があるんだ」

「はぁ」

ロランは立ち去って行くレリオの背中を見ながらため息をついた。

（やれやれAクラス相当の冒険者が3人も揃いながら『屍肉喰い（グール）の巣』さえ攻略できないとはね。僕が抜けただけでこの体たらくとは。やはりこの部隊のウィークポイントは作戦指揮能力か。1人1人の力が強すぎるために連携を疎（おろそ）かにしがちなんだ。となると、やはりレリオの指揮能力向上がこの部隊強化のカギか）


翌日、レリオは午前中から、訓練しながらその合間に、モニカ達を説得すべく走り回っていた。

リックとマリナはそんなレリオを不思議そうに見ていた。

「どうしたんだあいつ？　いつになく余裕がないじゃないか」

「なんかまた、ロランさんから新しい課題を出されたようですよ」

「なに？　そうなのか？」

「はい。昨晩、レリオは1人でロランさんの宿舎を訪れて、そこで昨日の作戦の不首尾について相談したそうです。するとまた新たに課題を出されたみたいですよ」

「お前、そういう情報だけは本当に早いな」

「なんか、大変みたいですよ。新人なのにベテランの人達に作戦指導しなきゃいけないみたいで」

「うーむ。助けてやりたいのはやまやまだが、俺達の役割は畑違いだからな」

リックとマリナは走り回るレリオを気の毒そうに見るのであった。

ロランもまた必死に走り回るレリオの仕事ぶりを観察していた。

（ようやく、プレッシャーを感じ始めてくれたみたいだな）

【レリオ・サンタナのステータス】
指揮：20－60

（ステータスの誤差が広がっている。プレッシャーから精神状態がやや不安定になっているんだ。だが、裏返せば成長しようともがいている証でもある。今回の任務、君には荷が重いかもしれない。でも、君に指揮を身につけてもらわなければ、この部隊はここより上

にはいけない。どうにか踏ん張ってくれよ。レリオ）

レリオは焦燥しながら走り回っていた。

（先輩達の装備を変更させるなんて。作戦すら聞いてくれない人達が装備の変更なんて受け入れてくれるのか？　くそっ。とにかく午後の作戦開始まで時間がない。手当たり次第打診して、言うことを聞いてくれる人を探すしかない）

「あの、ユフィネさん」

「ん？　なに？」

「午後から始まる『屍肉喰い（グール）の巣』殲滅（せんめつ）作戦なのですが、鍛錬後はみなさんステータスを消耗しているので、それに合わせて装備を変更した方がいいと思うのですが……」

「なに？　そうなの？」

ユフィネは傍（かたわ）らの自分の部隊に所属している戦士（ウォーリアー）に聞いた。

「そうですね。確かに言われてみれば作戦中、装備が重くて体が思うように動かない気がしました」

「ふーん。そうなんだ。それじゃ、レリオ。この件はあんたに任せるから。装備の用意とか諸々（もろもろ）の手筈（てはず）整えておいてくれる？」

「は、はい。ありがとうございます」

（思ったより簡単に同意してくれたな。次はモニカさんのところに行ってみよう）

レリオは続いてモニカの所に行って同じことを相談した。

「分かった。それじゃあ一度ロランさんに相談してみるね」

「はい。お願いします」

（とりあえず、ユフィネさんとモニカさんの承認は取り付けた。2人とも案外すんなり受け入れてくれたな。あとはシャクマさんだけだが……）

レリオから説明を聞いたシャクマは案の定難色を示した。

「と、いうわけで装備を変更した方がいいと思うんですが……」

「確かに鍛錬後はステータスが消耗しているかもしれません。しかし、我々攻略部隊はそんなことで、へたるほどヤワじゃありませんよ」

「いえ、しかし……」

「レリオ君。君の冒険者クラスは？」

「えっと。まだありません」

「では、私の冒険者クラスは？」

「Bクラスです」

「そうでしょう？　私は実績ある冒険者であなたは新人なんだから、あなたは私の言う通りにしておけばいいのです」

「……はい」

「とにかく、装備の変更は認めません。では」

（くっ。やっぱりダメか）

仕方なくその場は引き下がる。

（やはり、シャクマさんは従ってくれなかった。でも、だんだん分かってきたぞ。ユフィネさんは提案すれば結構全面的に任せてくれる（というか、丸投げしてくる）。モニカさんは自分で判断できない案件について必ずロランさんに一度相談してから承認するんだ。緊急の用事の時は、ユフィネさんに相談して、急ぎでない用事はモニカさんでも大丈夫。そんなとこか。問題はシャクマさんだ。頑なにステータス消耗を認めようとしない。どうする？）

結局、レリオは答えを見つけることができず、シャクマを説得できないまま、『屍肉喰いの巣』攻略作戦は再び開始される。

レリオが高台の上から敵の配備を確認すると、敵はこちらが攻撃部署をシャッフルしたにもかかわらず、シャクマの布陣している場所に精鋭を配置してきた。

（こちらの弱点を的確に狙った配置！　やっぱり。敵にも軍師がいるんだ！）

モニカ、ユフィネ、シャクマの部隊はそれぞれ門への攻撃を開始する。

（昨日は私の部隊だけ後れをとってしまったんです。今日こそは必ず門を突破しますよ！）

シャクマは部隊に檄(げき)を入れて攻撃させる。

(シャクマさん、また『攻撃付与』で強行突破を狙う気だ。なんとかしないと)

レリオはまたシャクマの下に向かった。

(でも、どうする？　退却作戦を進言したところで、採り入れてくれるとは思えない)

レリオは歯噛(はが)みしながら丘を駆け下りて行った。

ユフィネの対応を思い出す。

(ええい。こうなったら僕も責任丸投げだ！)

「シャクマさん！」

「む、レリオ君ですか。どうしました？」

シャクマはやや警戒の色を見せながらレリオに接した。

「門の向こうにステータスBクラス以上の屍肉喰い(グール)が待ち構えています。このままでは門を突破しても苦戦するかと思われます。私の立場としましては何か作戦を立てて、ロランさんに進言しなければなりません。どうすればよいでしょう？　何か良いアイディアはありませんか？」

「ああ、それなら簡単ですよ」

シャクマは昨日とは打って変わってにこやかに答えた。

「退却して、敵を平地まで誘(おび)き寄せ、『地殻魔法』で防御し、敵の体力を削ってから攻撃すればよいのです」

（あ、あれ？　完全に昨日僕が進言した通りの内容？）

「は。かしこまりました。では、ロランさんにそのように進言してきます」

「はい。お願いします」

（昨日は拒否されたのになんで？）

レリオはモヤモヤした気持ちのまま坂を下って行く。

シャクマは離れて行くレリオの背中に「ちゃんと私が立てた作戦だとロランさんに伝えておいてくださいね！」と声をかけるのを忘れなかった。

レリオがしばらく観察していると、実際にシャクマは門から飛び出してきた敵に対して退却し、『地殻魔法』で壁を作り、弓使い（アーチャー）で敵を削ってゆく。

（そうか。シャクマさんには自分で作戦を立てさせると正しい行動を選択できるのか）

しかし、敵を制圧するには戦力が少し足りなかった。

そうこうしているうちに、ユフィネの部隊が城門の内側まで制圧しつつあった。

レリオはユフィネの下に行って援軍を乞う。

ユフィネはいつも通り、「ああ、それならあんたが適当に必要な奴（やつ）を選んで持って行って」と丸投げしてきた。

レリオはステータス鑑定して各冒険者の余力を判定し、ユフィネの部隊から引き抜いた戦士(ウォーリアー)を連れて、シャクマの下に向かった。

その頃、十分に敵を削ったと判断したシャクマは『地殻魔法』を解除して、再び攻勢に出ていた。

削られた敵はシャクマに押し返されて行く。

しかし、あと一歩のところで城門を越えることはできなかった。

(くっ、なかなか攻めきれませんね。みんな疲れている。元気な戦士(ウォーリアー)がいれば……。レリオ君の言う通り装備を変えておくべきだったか?)

「シャクマさん!」

「おや? レリオ君?」

「余力のある戦士(ウォーリアー)を数名連れてきました」

「おお、ちょうどいいところに。助かります。では、ありがたく使わせていただきますよ」

シャクマは前線の疲れた兵と新たに加わった兵とを入れ替える。

適切な装備を身につけた戦士達(ウォーリアーたち)は瞬く間に疲れた敵を蹴散らして、城門の奥まで突き進む。

レリオは城門に入る前のところで力尽きて、膝をついてしまう。

『屍肉喰い(グール)の巣』から歓声が上がった。

モニカ達が城を陥落させたようだ。

レリオは膝と手を地面に付けて、がくりと脱力した。

（『屍肉喰いの巣』が落ちた。僕は……自分の役割を全うできたのか？）

レリオにとってそれは弓で獲物を射るのとは全く違う種類の仕事だったので、今いち実感が湧かなかった。

「おつかれ。レリオ」

いつの間にか側にいたロランが、レリオの肩をポンと叩く。

「あ、ロランさん」

「よくやった。期待通りの働きだったよ。これで君はロラン隊の軍師だよ。また次も頼むね」

「……はい」

「立てるかい？」

ロランは手を差し伸べてくる。

レリオはロランの手を取って立ち上がった。

レリオは時間が経つにつれて、ロランに叩かれた肩から少しずつじんわりと達成感が溢れてくるのを感じた。

（僕がロラン隊の軍師……）

【レリオ・サンタナのステータス】

指揮：10－90

（最高値90。まだまだ粗いがこれならいける。軍師として十分使い物になる！　可能な限り磨き上げて、来期のダンジョン攻略までに仕上げるぞ）

黒炎

ロラン隊によるダンジョン経営は続いていた。

現在は12階層の鉄鉱石の鉱山周りを整備していた。

「銀鉱石の調達具合はどうだい？」

ロランが机で作業しているランジュに聞いた。

「順調です。これなら今月分どころか、来月分まで採掘できそうですよ」

「そうか。それはよかった」

「ただ、鉄鉱石とアースクラフトの鉱山まではウチのギルドだけでは手が回りませんよ」

「うん。分かってる」

「錬金術ギルドの交渉、まだ纏まらないんですか？」

「うん。リリィからの連絡はまだない」

ロランがランジュと打ち合わせしていると、レリオが天幕の中に駆け込んでくる。

「失礼します。隊長。12階層にある『屍肉喰いの巣』の偵察、終了しましたので報告させていただきます」

「ああ、頼む」

「規模としてはBクラス。モニカさん、シャクマさん、ユフィネさんを動員できるなら、Cクラスの盾持ち20名、Cクラスの剣士10名、Cクラスの弓使い(アーチャー)15名、Cクラスの攻撃魔導師6名、Cクラスの治癒師(ヒーラー)4名、Cクラスの支援魔導師2名がいれば十分ではないかと」

「分かった。それじゃあ、訓練が終わり次第、『ステータス鑑定』でその水準にある者を集めて部隊を編成し、作戦の準備をしてくれ」

「了解しました」

　レリオはそれだけ言うと駆け出して、準備に取り掛かる。

「彼、随分使えるようになりましたね」

　ランジュが感心したように言った。

「ああ、僕の仕事を手伝ってくれるから大助かりだよ」

（ダンジョン経営とステータス調整の方は問題なさそうだな。あとは錬金術師の手配だけか。リリィの方はどうなってるかな？　『金色の鷹(たか)』との交渉は上手(うま)くいっているだろうか）

「ランジュ。僕は一旦、街に帰る。後のことは任せるよ」

「分かりました」

「ギルド長。『魔法樹の守人』からジル・アーウィンのレンタルの打診が来ているのですが……」

『金色の鷹』本部で、ディアンナがルキウスに言った。

「却下だ。ジルをレンタルだと？　ありえない。『魔法樹の守人』には釘を刺しておけ。もしジル・アーウィンにちょっかいを出せば訴訟も辞さない、とな。返信には次の文言も添えておけ。『金色の鷹』の敵となった恥知らずの指導を受けるつもりはない、と彼女は言っている。どんな提案をしても無駄だ、とな」

ルキウスはイライラした。

最近、ジルはしきりに休みを欲しがっていた。

それが叶わないなら、せめて『魔法樹の守人』のダンジョン経営に参加したい、そうルキウスにリクエストを出していた。

そのようなジルの態度にルキウスは苛立ちを募らせていた。

ジルは表向きダンジョン経営に参加すると言って、その実本当の目的はロランに会いに行くことに決まっていた。

それを見抜いたルキウスは、これまで以上にジルを忙しく働かせて、時間的に拘束した。

（ふざけやがって。ジルだけは絶対に渡さんぞ）

ルキウスはジルの美貌を思い出す。

彼女の神々しいまでの美しさ、そしてSクラス級のスキルとステータス、それはルキウスにとって喉から手が出るほど欲しいものだった。

初めて彼女を見た時はただの田舎からやってきたよくいる野暮ったい娘程度の認識だった。

しかし、彼女が頭角を現すに従ってどんどんと綺麗になっていき、重装騎士の装備を纏った頃には、すれ違っただけで思わずハッとさせられる美人に成長していた。

その姿を初めて目に留めた時は、彼女を守るために自分の全てを投げ出してもいい、などとらしくもない少年のような初々しい夢想を抱いたものだ。

しかし、その頃には時すでに遅し。

彼女はロランのことしか見ていなかった。

今こうしてようやく彼女を手元に置くことができているのだ。

それがロランの手に渡るなど耐え難い屈辱だった。

(ふ、だが、調子に乗るのもこれまでだ。ロランにしろ、リリアンヌにしろ、その浮ついた鼻っ柱を今にもへし折ってやる。見ていろよ)

ルキウスは窓の向こうに見える新たな標的、建設中である『魔法樹の守人』の新施設を睨んだ。

「おい、今、ジルはどこにいて何をしている?」

ルキウスは側にいる秘書の1人に尋ねた。

「は、ジル上級会員は今、本部施設にて訓練をしているところです」

「そうか。ならいい。いいか、ジルを『魔法樹の守人』の関係者に決して会わせるなよ。もし、奴ら(やつ)が近づいてきたら、ジルを遠ざけろ。決して奴らに接触させるな！」

ジルは訓練室で訓練しながら、今日も今日とてルキウスから『鉱山のダンジョン』に行く許可が降りるのを待っていた。

しかし、ルキウスから許可が下りてくることは一向になかった。

(ダメか。やはり、ルキウスは私をギルドの外に出すつもりはないらしい)

ジルは明確にルキウスを敵視するようになったが、それでもまがりなりにも自分をこれまで育ててくれたギルドを裏切ることに負い目を感じていた。

そのためロランのお墨付きが欲しかった。

(ロランさんが命令さえしてくだされば、なんの迷いもなくルキウスを裏切れるのに。ああ、この期に及んで吹っ切れることができない自分が恨めしい)

誰にも言っていないが、ジルは実のところギルドではなくロランに忠誠を誓っていた。

いざとなれば、彼のために自らの命を捧(ささ)げる覚悟でついていく、そう勝手に決めているほどだった。

ダンジョンから戻ったロランは、またリリアンヌと一緒に新施設の視察に来ていた。

建物の外装内装はほとんど完成していて、すでに設備や備品の搬入もあらかた完了していた。

「ここがロビーで、ここに階段を設置する予定です。1階は武器庫及び武器の整備場にする予定です。また倉庫も設置してダンジョンから持ち帰ったアイテムを収納できるようにします。裏には卸し市場も備えて、アイテムをすぐに売買できるようにするつもりです。2階から3階にかけては訓練場になります。剣士、盾使い、弓使い（アーチャー）、攻撃魔導師、支援魔導師、治癒師（ヒーラー）用の訓練施設を全て備えた施設になる予定です。ロランさん、他に何か建物の施設に関して要望やアイディアなどはありますか？」

「そうですね。魔導騎士用に戦士（ウォーリアー）の訓練場に魔導師の訓練もサブで行えるよう設備を整えてもらえると助かります」

「ああ、なるほど。それは是非取り入れてみましょう」

リリアンヌは早速、建築業者と打ち合わせを始める。

ロランは1人になって手持ち無沙汰になっている間、柱や建てつけを何をするでもなくブラブラとしながら見ていた。

すると敷地の外でキョロキョロと落ち着きなく周囲を見渡している小男が視界の端に映

る。

（あれは……確か以前『金色の鷹』に所属していた魔導師……。名前は確かレオネド）

『黒炎』という特殊な攻撃魔法スキルを持っている男で、ロランも育成しようと目をつけていたが、ルキウスによって解雇された男だった。

攻撃魔導師としてのセンスはそこそこあったが、常に何かに怯えているようにそわそわとしていて、その挙動に落ち着きがなく、なかなか部隊行動に馴染めない男だった。

スキル鑑定すると『黒炎』Bとなっている。

キョロキョロとしていかにも挙動不審だった。

（こんなところで何を？）

ロランは声をかけてみようとレオネドに近づいてみた。

すると、レオネドの方もロランが近づいてくるのに気づいて、ハッとしたかと思うとそそくさとその場を立ち去ろうとする。

「おい、ちょっと……」

「ロランさん、どうかなさいましたか？」

ロランはリリアンヌに話しかけられてハッとした。

「なんだか険しい顔をしておられますが……」

リリアンヌはロランの顔を不思議そうに覗いてくる。

「えっ？　あ、いや、なんでもないよ」

「そうですか？　では、少し見て欲しい部分があるので来ていただけますか？」

「ああ、うん。行くよ」

ロランは一抹の不安を感じながらもその場を後にしたのであった。


その夜、『魔法樹の守人』の新施設に不審火から火災が発生した。

その炎は『黒炎』と呼ばれるもので、普通の炎とは違い水ではなかなか消えない特殊な炎だったので、消火作業は困難を極めた。

幸いにも、建て掛けの施設に人はいなかったため、怪我人や死亡者が出ることはなかったが、『魔法樹の守人』が多額の費用をかけて購入し施設内に搬入していた設備、備品類は全て一夜のうちに焼失してしまい、『魔法樹の守人』は特別損失を計上することになるのであった。

翌日、レオネドの遺体が冒険者の街の郊外、離れた森の中で発見される。


昼下がりの午後、『金色の鷹』本部の入り口で守衛を務めている男達は、特にやることもなくウトウトとしていた。

そんなところに突然、『魔法樹の守人』の馬車が道端に停まったものだから、何事かと目を見張る。

　そうこうしているうちに、中から魔女の姿をした若い女が降りて来て、物凄い剣幕でずんずん近づいて来て、門を通り過ぎようとするものだから、さらに驚き慌てて急いで制止しようとする。

「あなたはリリアンヌ!?」

「一体何用ですか？」

「ルキウスに会わせなさい。今すぐです！」

　リリアンヌは猫のように髪の毛を総毛立たせながら言った。

「いけません」

「約束がなければ何人たりとも通すなと、ルキウス様からの仰せです」

　リリアンヌは杖に魔力を込めた。

　雷鳴が轟き庭に雷が落ちる。

『金色の鷹』の庁舎内にいた冒険者達は慌てふためく。

「なんだなんだ？」

「今のは！　リリアンヌの雷撃魔法か!?」

「『魔法樹の守人』が攻撃してきたぞ」

『金色の鷹』の本部に駐屯していた冒険者達は、「すわ戦争か！」と触れて回りながらバタバタと装備を整えて、庭の方へ駆け出して行く。

ギルド長室で雷を見たルキウスは、速やかにジルを訓練室に閉じ込めるよう指示を出した。

雷に腰を抜かした警備員をやり過ごしたリリアンヌは、ルキウスの執務室があるであろう建物の方へと近づいて行く。

しかし、前方に冒険者の一団が立ち塞がった。

『金色の鷹』の本部に駐屯していたアリク隊だった。

アリクがリリアンヌの前に進み出てくる。

(アリク……)

「リリアンヌ。一体何の騒ぎだ。不躾に雷撃魔法で攻撃してくるなど。君らしくもない」

「アリク。私はルキウスに用事があるのです。そこを退いてください」

「ルキウスに？　一体何の用事で？」

「『魔法樹の守人』の新施設が誰かの手によって放火されました。時を同じくして離れの森で『黒炎』のスキルを持つ『金色の鷹』の元団員が謎の死を遂げています」

「スキル『黒炎』の持ち主。レオネドのことか！」

「私は『魔法樹の守人』の幹部として、ルキウスに話を聞く必要があります。一体なぜこのようなことをしたのか」

「なるほど。君がここに来た理由はよく分かった。しかし、俺とて『金色の鷹』の上級会員。このような殴り込み同然でやって来た相手をそうやすやすと通すわけにはいかない」

「どうしても通してはくれませんか。それなら……」

リリアンヌは杖を掲げる。

（!!　実力行使する気か……）

アリクを始めとして、集まった冒険者達も応戦の構えを見せる。

にわかに辺り一面殺気立った。

「お前達、ここで何をしている！」

冷たい声が辺りにこだました。

睨み合っていたリリアンヌとアリクはハッとして構えを解く。

ルキウスだった。

武装した冒険者達の壁を掻き分けて、リリアンヌの前に立つ。

「ルキウス……！」

「聞きましたよ。『魔法樹の守人』の新施設、せっかく完成までもう少しだったものが、焼失してしまったそうですね。心中お察ししますよ。しかし、施設が焼失したのはそちらの不用心というもの。それをこちらの責任であるかのように擦り付けられては困ります」

「この……ヌケヌケと……」

「とはいえ、長年お付き合いしてきたギルドが財政難に喘いでいるのを見て見ぬ振りするほど我々も薄情ではないつもりです。我々の方でもできる限りの援助はいたしましょう。どうです？　Aクラス冒険者候補のモニカ、シャクマ、ユフィネラをこちらで買い取らせていただいても構いませんよ」

「なんですって？」

「そうすれば、経費は浮くし、当面の資金の目処は立つでしょう？」

「くっ……、あなたは……」

（これがルキウスの狙いか。私達を財政難に陥らせて戦力を削ると共に『金色の鷹』の戦力を増強する）

「このっ……」

「待て。リリィ！」

「ロランさん？」

リリアンヌはロランが自分の肩を摑んでいるのを見て目を丸くした。

ルキウスはロランを見て内心ほくそ笑む。

（やはり来たかロラン。咄嗟の判断でジルを隠しておいて正解だったな）

「ロランさん、どうしてここに？」

「ロージアンさんから聞いたんだ。『黒炎』のスキル保持者について聞いた途端、君が凄い剣幕で飛び出して、『金色の鷹』の方に向かったって。リリィ。ここは一旦引き下がろう」

「ロランさん？」

「証拠が揃っていないまま、騒ぎを起こしたところでルキウスの思う壺だ。ここは警察の捜査に任せて、様子を見るしかない」

「くっ」

リリアンヌは少しの間、悔しそうな顔をした後、ルキウスの方に向き直って、キッと睨む。

「ルキウス。今日のところはロランさんに免じて、引き下がります。ただし、このままでは終わらせませんよ」

リリアンヌはそれだけ言うと、踵を返し、ロランと共に『金色の鷹』を後にした。

（ルキウス。これまで私はロランさんに恩返しさえできれば、ロランさんの手助けさえできれば、あなたのことはどうでもいいと思っていました。ですが、まさかこんなことをするなんて。もう許しませんよ。必ず後悔させてあげますから！）

その後、ルキウスはこの事件に対する世間のイメージを操作するため、先手を打って、広報しておくようディアンナに指示した。

新施設の焼失によって乱心したリリアンヌが『金色の鷹』に被害妄想から殴り込みをか

けてきただの、ルキウスが彼女の主張に正論を持って反論すると途端に恥ずかしがり尻尾を巻いて逃げ出しただの。

さらには最近、彼女はどこぞの鑑定士の男に入れ込んで貢いだため多額の借金を背負っているだの、新施設は彼女の逢引のために建てられた施設だの、彼女のせいで『魔法樹の守人』の財務状況はガタガタだの。

とにかく、この事件を利用して散々にリリアンヌのことを中傷する噂をばら撒くのであった。

新しい話題であればどんなことでも飛びつく冒険者の街の住人は、殊更にこのスキャンダルを面白がってかしましく喧伝するのであった。

野次馬根性盛んな連中や噂好きのご婦人方達、彼らはすっかりルキウスの術中にはまり、住民の興味は放火犯からリリアンヌの落雷事件に移っていった。

リリアンヌの決意

『金色の鷹』から帰ったリリアンヌは、後始末に奔走した。

まずは『魔法樹の守人』新施設放火事件について、警察に捜査の状況を聞きに行く。

レオネドが『黒炎』を放ったのは間違いないため、あとはその黒幕が誰かということが問題だった。

レオネドを殺害した犯人さえ突き止めれば、糸口が摑めるはずだが。

「犯人が分からない？」

「ええ。レオネドは暗殺系スキルの保持者にやられたようです。死体から全く痕跡が見つかりませんでした。凄腕（すごうで）の暗殺者ですね」

「そうですか」

（ルキウスを刑事告訴できないかと思いましたが、やはり警察はアテにならないか）

続いてリリアンヌはことの顚末（てんまつ）をラモンに報告しなければならなかった。

様々な苦労をしたリリアンヌに対して、ラモンは殊の外厳しく当たってきた。

「だから私は言ったんだ。急激な拡大は避けるべきだとね」

　リリアンヌは言い返したくなるのをぐっと我慢する。

「とにかくこれは君の責任だよ、リリアンヌ。どうするつもりかね？　これだけの損失、ダンジョンの1つや2つ攻略したくらいでは割に合わんぞ」

　ラモンはその後もリリアンヌの最近の振る舞いについてネチネチと責め続けた。

　そのせいで最後の方では、リリアンヌはすっかり落ち込んでしまう。

　ギルド長はここ最近、生意気だったリリアンヌがいつになくしおらしい態度になったのを見て満足した。

（ロランの奴が来て、一時はどうなるかと思ったが。これでリリアンヌに全ての責任を負わせれば、私の地位は安泰だ。リリアンヌも大人しくなるだろうし、ロランの奴も追い出して全て元どおりだな）

　リリアンヌがようやく細々とした後始末を終えて帰れるようになったのは、夜もとっぷりとふけた頃だった。

「リリィ」

「あ、ロランさん」

　リリアンヌのことを心配したロランは、夜遅くまで彼女のことを待っていた。

「ロランさん。待っていてくださったのですか。すみません。私が取り乱してしまったばっかりに、ご迷惑をおかけしてしまって」

「いえ、そんなことよりも大丈夫ですか？　新施設が燃えてしまって、結構な損失なんじゃ」

「ええ、新たに資金を調達する必要に迫られるでしょう」

「それじゃあ……やっぱりモニカ達を売却して……」

「それはありません」

リリアンヌはきっぱりと言った。

「ロランさん、私は決めました。もう、ルキウスに対して一切妥協することはありません。私は彼を滅ぼすまでロランさんと一緒に徹底的に戦います」

「リリィ」

ロランはリリアンヌの強さに感銘を受けた。

彼女自身、自分の肝いりのプロジェクトがこんな形で頓挫することになって参っているだろうに、この状態でむしろ以前よりも闘志を燃やすことができるなんて。

「リリィ。ありがとう。君がそう言ってくれれば、僕もまだ戦うことができる。ただ、モニカ達を売らないとなれば、一体どうやって資金を捻出するつもりだい？」

「それは私がなんとかします」

リリアンヌはこれまたきっぱりと言った。

「どうにか予算を捻出して戦力増強策も新施設建設も予定通り進めます。なので、ロランさんは引き続き部隊の強化と『鉱山のダンジョン』経営に専念してください」

「分かった。それじゃあ資金のことは君に任せるよ。僕は予定通り3つのダンジョン全てを攻略できる部隊を、『金色の鷹』を打ち破れる部隊を作る。それでいいね？」

「はい。よろしくお願いします」


ルキウスの陣営では最近の停滞ムードとは打って変わって、朗らかな空気に覆われていた。

「流石ですわ。ギルド長。まさかこのような方法で『魔法樹の守人』の出鼻を挫くだなんて」

ディアンナがお世辞を言った。


「ふっ。これだけ痛めつければ『魔法樹の守人』も我々と駆け引きしようなどという小癪な真似はせんだろう。錬金術師の貸し出しについても我々の言い値で応じるはずだ。資金不足からモニカ達も我々に売却せざるを得ないだろう」

「しかし、せっかく、『魔法樹の守人』を資金難に追い込んだというのに、資金を引き渡してしまうというのも、もったいない気がしますわね」

「なあに。それなら奴らに現金を引き渡さなければいいだけだ」

「どういうことですか？」

「買い取り契約を結んだからと言って、すぐに奴らに現金を引き渡す必要はない。支払う約束だけして、いつまでも支払いを引き延ばせばいい。そのくらいは契約のやり方次第でどうとでもなる。モニカ達をこちらの戦力に加えるだけ加えて、奴らには一銭も渡さないという寸法さ」

「なるほど。そこまで考えてのことだったのですね」

「あとはモニカ達を使って、ダンジョンを攻略し、『魔法樹の守人』にトドメを刺すだけだ」

(『魔法樹の守人』さえ亡き者にすればもはやこの街の冒険者で俺に逆らう人間はいない。『金色の鷹』一強体制となれば、冒険者の給与などいくらでも値切ることができる。そうなれば余ったキャッシュで警察を買収し、黒炎事件についても調査を打ち切らせて揉み消せばいい)

「素晴らしい戦略ですわ」

「これで『魔法樹の守人』は虫の息も同然。あとはモニカ達の買い取りを確実なものにするだけだ。さて、私はこれから出資者達にモニカ達買い取りについて許可を取りに行く(いくら金を払うつもりがないとはいえ、これほどの大金を使った取引を大っぴらにやる以上出資者の許可を得ないというわけにもいかない)。しばらくの間、留守にするが、後のことは頼んだぞ」

「かしこまりました」

「錬金術師のレンタルとモニカ達買い取りの件、分かっているな？」

「ご安心ください。ご帰宅の際には『金色の鷹』の紋章を付けているモニカ達がギルド長をお出迎えいたしますわ」

「ふっ、よく分かっているじゃないか。それでいい。では行ってくる」

「行ってらっしゃいませ」

再会

これで『魔法樹の守人』にトドメを刺せる、と意気揚々と出かけて行ったルキウスだが、彼はすっかり忘れていた。

彼のギルド『金色の鷹』にも問題が山積していることを。

ギルド長のいなくなった『金色の鷹』には、あからさまに弛緩（しかん）した空気が流れ始めた。

それまではルキウスを恐れてせっせと働いていた職員達はすっかり怠惰にふけり、冒険者達も進んで規則や縛りを無視する。

人々は第二部隊の隊長、セバスタの後釜を狙おうと徒党を組んだり、運動したりするようになった。

このような『金色の鷹』の変化に、最も動揺したのは錬金術ギルドの者達だった。

彼らは『鉱山のダンジョン』の鉱石採掘に参加させてもらえるようルキウスから約束を取り付けていた。

にもかかわらず、一体いつからダンジョンに入れるのか、一向に返事はもらえなかった。

そうして今、そのルキウスと連絡がつかなくなってしまった。

『金色の鷹』の誰に聞いても要領を得ない。

業を煮やした錬金術ギルドの面々は、ついに『精霊の工廠』を頼るべく、ロランの下を訪れ始めた。

「ねえ。どういうことなんですか?」

「ルキウスが我々に報酬を約束して、待機を命じてから、かれこれ1週間ですよ」

「一体いつになったら我々は『鉱山のダンジョン』での採掘に参加できるんです?」

詰め寄ってくる錬金術師達に対して、ロランは困惑しながら答えを返した。

「『金色の鷹』のことについてこっちに聞かれても……。ルキウスは何か言っていないんですか?」

「それがルキウスさんは昨日から出張でギルドを留守にしてるんですよ」

「出張?」

「私らもずっと問い合わせているんですがね。何を聞いても誰もまともに答えてくれやしない」

「これじゃあ、ラチがあきませんよ」

「ねえ。『精霊の工廠』はもうダンジョンに入ってるんでしょう? 『魔法樹の守人』お墨付きのギルドなら何か知っているんじゃないですか?」

「このままじゃ、我々は今月、収入ゼロですよ」

「『金色の鷹』と『魔法樹の守人』の交渉はいつになったらまとまるんですか?」

「ロランさんの方からもどうにかするよう言ってくださいよ」

　ロランは彼らの話を聞きながら考えを巡らせた。

（ルキウスが街を離れたのをきっかけに『金色の鷹』傘下のギルドが動揺している。これはチャンスかもしれないな）


「ルキウスの求心力が衰えている？」

「ええ。その兆候がそこかしこに見られます」

　ロランとリリアンヌは『魔法樹の守人』の控え室で2人きりで話し合っていた。

　最近、2人はこのように誰にも聞かれないように『魔法樹の守人』の経営方針について話すことが多くなっていた。

「ここ最近、錬金術ギルドの人達が相次いで『精霊の工廠』にダンジョン経営のことで問い合わせに来ています。『金色の鷹』傘下の錬金術師達が『精霊の工廠』に、です。こんなことは初めてです」

「ふむ」

　リリアンヌは口元に手を当てて考え込む仕草をした。

「今回の放火の件にしても、何か……ルキウスの行動から焦りのようなものが見えます。いくらなんでも強引すぎるというか……。僕が『金色の鷹』に在籍していた頃から、大きくなりすぎた組織を持て余しているフシがありましたが、いよいよタガが外れて来ているのかもしれません」

「錬金術ギルドを切り崩すチャンス……というわけですか」

「はい」

「……分かりました。ではこの機に街の錬金術ギルドを取り込む方向で進めましょう。『精霊の工廠』はそのように動いてください」

リリアンヌは決然として言った。

「分かりました」

「それで具体的にはどのように事を進めますか?」

「そこなんですよね。我々が『金色の鷹』から離反するように促しても、果たしてどれだけのギルドがついて来てくれるか……」

「なるほど。決定打が足りないというわけですか」

リリアンヌは腕を組んで目を瞑り考え込む。

「とりあえず主だった錬金術ギルドの皆さんを一堂に集めてみてはいかがですか?」

「一堂に?」

「ええ、一堂に。例えばセミナーのようなものを開催して。セミナーなら裏切り行為とまでは言えないので、皆さん軽い気持ちで参加できるでしょう？　そこで反応を見るのです。敵味方を区別してどれだけの人間がこちら側に寝返るか判別できるかも」

「なるほど」

「それでもし、こちら側に付きそうなギルドの方が多いようであれば、一気に事を進めてしまいましょう」

「分かりました。何か企画を考えてみます」

「セミナーを開催する場所についてはこちらで用意できるかと思います。詳細はロランさんにお任せしますので、まとまり次第報告してください」

２人はまた、今夜会うことを約束して別れた。


「んー。ようやく自由になれた」

街の中央広場で、ジルは背伸びをする。

その気分は、まるで刑期を終えたばかりの囚人のように、晴れやかだった。

『魔法樹の守人』がジルの買い取りを打診して以来、監視と拘束が厳しくなったジルだったが、ルキウスがギルドを留守にしたのをきっかけに、監視員の目が緩み始めた。

ジルは監視員が他の監視員と立ち話をしている間に、まんまと脱走することに成功したのであった。

（ルキウスの奴め。何かと理由をつけて私の自由を奪いやがって。あれじゃ息が詰まって仕方がない。やってられるか）

彼女は今、公的な身分に気を煩わされないようトレードマークである美しい髪を帽子で隠し、茶色の地味な外套を着て、街中を歩いていた。

ジルはこれで変装は完璧、と思い久しぶりの街歩きを満喫する。

もっとも、見る人が見ればその姿はいかにも有名人がお忍びで歩いている姿そのものだったが。

（うーん。やはり他人の視線を気にせずに街を歩けるというのはいいものだな）

「ねぇ。あの娘可愛くない？」

「うわ。ホントだ」

「スタイルいいなー」

花屋を見ていたジルは後ろでそう囁く声が聞こえて、ギクリとした。

振り返ると2人組の男がこちらにチラチラと目配せしている。

一応変装してはいるものの、背が高く、スタイル抜群のその美貌とオーラは、隠そうとしても隠しきれるものではなかった。

「声かけてみる？」

「あれ？　でもあの人どこかで見たことがあるような……」

面倒事に巻き込まれそうな気配を感じたジルは、急ぎ足で裏道へと駆け込んだ。

（ふぅ。やれやれ。なんでみんな私なんかに注目するんだか）

「それにしても……」

ジルは自分が知らない間に繁華街の裏側、閑散とした通りに入り込んだことに気づいた。

そこには小さな工房（アトリエ）がいくつも立ち並んでいる。

（懐かしいなぁ。私も駆け出し冒険者の頃は、よくこういう通りで安く武器を作ってくれる店を探し回ったものだ）

今となっては、武器の調達は全てギルドが行ってくれるので、このように武器屋を巡ることはなくなっていた。

（安い武器はすぐに壊れちゃうから、安く修理してくれる店を探し回っていたなぁ）

ジルはすっかり新人だった頃の気分になって裏通りを歩いた。

そのうち１つの錬金術ギルドを見つける。

看板に精霊の紋章を施した小さな工房（アトリエ）だった。

（そうそう。こんな小さな工房（アトリエ）に入り浸ってたっけ。どれ、ちょっと入ってみるか）

ジルが入ってみると、そこは意外にも銀器が充実している店だった。

（意外だな。こんな小さな工房（アトリエ）なのに、富裕層向けの銀器を取り扱ってるなんて）

ジルは店内を見渡してみた。

た。

（武器は作ってないのかな？）

そんな風にしばらく店の中を見回していると、奥から2人の若い男性の声が聞こえてきた。

「ああ、そこでどれだけの人間がこちら側になびくかを試して……」

「あ、すみません。ちょっと後でいいですか？　お客さんみたいです」

「あ、うん。いらっしゃいませー」

「セミナー……ですか？」

「ロランさん？」

ジルは狐につままれたような目で奥から出てきたロランを見つめる。

ロランも彼女を見てキョトンとする。

「ひょっとして……ジル？」

あとがき

『追放されたS級鑑定士は最強のギルドを創る』第2巻をお買い上げいただきありがとうございます。

第1巻発売から1年ぶりくらいでしょうか?

長らくお待たせしてしまい本当に申し訳ありません。

さて、ウェブ版から色々と改稿した本巻ですが、この巻でもまた悪役の重要性について学ぶことになってしまいました。

第1巻ですでに悪役の役割については十分学んだかなと思っていましたが、なかなかどうして奥が深いですね。

主人公・ヒロイン・悪役の比重に適切な黄金比はあるのでしょうか?

この辺りは小説家として、一生研究していくことになりそうです。

さて第1巻では、これからというところで終わってしまった本シリーズですが、第2巻でもこのような幕引きになってしまいました。

焦れったいかと思いますが、もう少々おつきあいくださいますと幸いです。

では、また第3巻でお会いしましょう。

瀬戸夏樹

追放されたS級鑑定士は最強のギルドを創る 2

発　行　2020年2月25日　初版第一刷発行

著　者　瀬戸夏樹
発行者　永田勝治
発行所　株式会社オーバーラップ
〒141-0031　東京都品川区西五反田 7-9-5
校正・DTP　株式会社鷗来堂
印刷・製本　大日本印刷株式会社

Printed in Japan　ISBN 978-4-86554-611-8 C0193

作品のご感想、ファンレターをお待ちしています

あて先：〒141-0031　東京都品川区西五反田 7-9-5 SGテラス5階　オーバーラップ文庫編集部
「瀬戸夏樹」先生係／「ふーろ」先生係

PC、スマホからWEBアンケートに答えてゲット!

★この書籍で使用しているイラストの『無料壁紙』
★さらに図書カード（1000円分）を毎月10名に抽選でプレゼント!

▶https://over-lap.co.jp/865546118
二次元バーコードまたはURLより本書へのアンケートにご協力ください。
オーバーラップ文庫公式HPのトップページからもアクセスいただけます。
※スマートフォンと PC からのアクセスにのみ対応しております。
※サイトへのアクセスや登録時に発生する通信費等はご負担ください。
※中学生以下の方は保護者の方の了承を得てから回答してください。

オーバーラップ文庫公式 HP▶https://over-lap.co.jp/lnv/